Manfred Reuter

Norderney-Bunker

Gent Vissers erster Fall

„Caedem comittere,
ceteri ferias agunt.“
(Morden, wo andere Urlaub machen.)

Unbekannter Ermittler um 2012 n. Chr.

Soviel steht fest: Dies ist eine Kriminalgeschichte, nicht mehr
und nicht weniger. Personen und Handlungen sind frei erfunden.
Ähnlichkeiten mit Lebenden oder Toten sind nicht beabsichtigt.
Auch Kulissen ähneln der Realität. Und bleiben doch Kulissen.

Manfred Reuter

Norderney-Bunker

2. Auflage 2013
ISBN 978-3-939870-67-8
Bibliografische Information der Deutschen Bibliothek: Die Deutsche
Bibliothek verzeichnet diese Publikation in der Deutschen National-
bibliografie; detaillierte bibliografische Daten sind im Internet über
‹http://dnb.ddb.de› abrufbar.

© Ostfriesland Verlag – SKN.
Alle Rechte vorbehalten.
Verlagsanschrift: Stellmacherstraße 14, 26506 Norden
Internet: www.skn.info, E-Mail: verlag@skn.info

Konzept/Produktion: Lübbert R. Haneborger/Holger Bloem (Produktion)
Lektorat: Lübbert R. Haneborger/Hildegard Schepker
Umschlaggestaltung/Layout: Wiebke Rocker
Bildbearbeitung: Karsten Patzelt
Grundschrift: Adobe Caslon Pro

Druck und Gesamtherstellung:
SKN Druck und Verlag GmbH & Co. KG/
Printed in Germany

Fotos: Martin Stromann © SKN Druck u. Verlag/
OSTFRIESLAND BILD 2012.
Krimi-Motiv (S. 222): Meike Bahl
Autoren-Foto: Marie Kleine

Inhalt

Für Gudrun

„Humor trägt die Seele über Abgründe hinweg.“
(Anselm Feuerbach, 1829–1880, deutscher Maler)

PROLOG

Ich wollte, dass dieser Tag begann. Er war ja noch so jung. Ein Kind, fast ein Säugling um diese Zeit, da die Sonne sich noch nicht dafür erwärmen konnte, den frühen Nebel über Feld und Wiesen vom Horizont zu wischen. Ja. Gewiss. Auch dieser Tag hatte es nicht verdient, ihn mürrisch und mit verschränkten Armen zu empfangen. Ich hatte mir jedenfalls fest vorgenommen, ihm und all seinen Nachkömmlingen künftig freundlich entgegenzutreten und nicht wieder gleich nach dem Bösen in ihnen zu suchen. Denn das war mir oft genug passiert, meist mit bitterem Ende. Also schnappte ich mir meine Klampfe und zog die Tür ins Schloss. Leise. Die drei anderen schliefen noch. Sie waren am Abend zuvor nach und nach eingetröpfelt in die Gemeinschaftsunterkunft im Zentrum der Stadt. Man hatte riechen können, warum ihre Blicke die Richtung verloren und die Sprache die Kontur. Ich lief die Treppe hinunter und verließ das Haus, nicht ohne einen Blick in den Fernsehraum zu werfen. Im Frühstücksprogramm zeigten sie gerade Bilder von Tankstellen. Mehrere nervös blickende Menschen sprachen ins Mikrofon; sie wirkten aufgebracht, manche sogar ein wenig aggressiv. Dann der Schnitt. Nahaufnahme: Diesel 1,54 Euro. „Na, super, aber was schert's mich", dachte ich. Dann ein Interview. Erneut Aufregung und Kopfschütteln. Schließlich ein neuer Schnitt. Die Konzernzentrale. Ein Herr in hoffmannsgestärktem Hemd, staatstragend-dunklem Jackett und mit ebenso überzüchtetem wie hochmütigen Lächeln, sprach ins Mikrofon. Im Hintergrund gläserne Wände, von innen durchschaubar, von außen Blicke tötend in trügerischem Glanz. Dann ein Treppenaufgang in leuchtendem Marmor, auf dem sich gerade zwei fettleibige Männerkörper in verbeultem Edelzwirn und italienischen Schuhen aufwärts bewegten. Ob der Aufzug wohl kaputt war? Ich lächelte und warf Kempowski, der die Auricher Notbleibe für Nichtsesshafte schon seit ein paar Jahren mit Leidenschaft und innerer Hingabe leitete, einen gedehnten, aber äußerst entspannten Gruß zu: „Moin!"

Seine Aufforderung, in eine Schnitte Brot zu beißen, bevor ich mich auf den Weg machte, lehnte ich dankend ab und zog stattdessen knisternd eine zerknautschte Packung Tabak aus der Hosentasche. Kempowski schüttelte den Kopf und rief: „Manche lernen's nie, andere noch später; und dann können sie es immer noch nicht."

Dabei lachte er mich an, zog seinerseits eine Marlboro aus der Hemdtasche und steckte sie sich zwischen die Lippen. Ja, Kempowski, die gute Seele des Hauses, das in Insiderkreisen längst „Kempinski am Georgswall" genannt wurde. Wie gut, dass es Kempowski gab. Ich schwang mich nun mit breitem Grinsen aufs Rad. Sollten die im Fernsehen doch sehen, wie sie mit ihren Spritpreisen und bonzigen Limousinen glücklich würden. „Dekadentes Lügengesindel", dachte ich und trat in die Pedale.

Wie hatte ich mich doch auf diesen Tag gefreut. Endlich wieder Aurich. Endlich wieder Boomtown. Hier pfiff der Wind sein ganz spezielles Lied. Unzählige Baukräne erhoben sich majestätisch in den Himmel, dazu großzügig aufgerissene Straßen, Pflastersteine in allen Farben und Formen sowie tonnenweise Füllsand, der den Eindruck erweckte, weniger gelb, denn golden zu schimmern. Es regnete Wohlstand vom Himmel, nichts hatte sich verändert. Das Geschäft mit der Windenergie entpuppte sich nicht nur als zukunftsträchtig, sondern via Gewerbesteueraufkommen auch als die kommunale Fleischwerdung eines Sechsers im Lotto. Mit Superzahl!

Ich steuerte meinen Lieblingsplatz an, die Bank zwischen Friseurladen *Raap* und *Douglas*. Dort roch es immer so gut, wenngleich Gucci und Chanel nicht selten ihre Kräfte mit dem Dunst einer frisch gegrillten Bratwurst aus dem Pommes-Tempel von nebenan messen mussten. Ich dachte an Kempowski, und bevor ich „Hotel California" anstimmte, fuhr ich mir mit der Hand durchs schulterlange, tiefschwarze Haar. Und auch von meinem zweiten Markenzeichen, dem Stirnband, hatte ich mich nicht getrennt. Denn: Beide sollten auch künftig mit mir durchs Leben und – wenn's denn sein musste – in die ewigen Jagdgründe gehen. Hier, ja, genau an dieser Stelle, wo es immer so gut roch – hier hatte ich auch vor vier Wochen und zwei Tagen gesessen, an dem Tag, an dem mein Leben um ein Haar eine entscheidende Wendung genommen hätte. Ich fragte mich allerdings noch immer, warum die Sache mit so viel Blutvergießen enden musste.

KAPITEL I

VIEL LOS

Verkaufsoffener Sonntag in Aurich: Besser hätte es für die Geschäftsleute nicht laufen können. Nicht zu warm und nicht zu kalt, kein Regen, aber auch kaum Sonne. Dieser Juni-Tag erwies sich aus ökonomisch-meteorologischer Sicht als Volltreffer. Ja, der Wettergott schien – zumindest für einen Tag – den Vorsitz im Kaufmännischen Verein übernommen zu haben. Auf der kleinen Bank neben dem vollgestopften Abfalleimer zwischen dem Friseurgeschäft *Raap* und der Parfümeriefiliale *Douglas* saß ein Mann mit traurigen Augen. Er sah aus wie Anfang oder Mitte vierzig und war von leicht untersetzter Statur. Er trug schulterlange glatte schwarze Haare und ein blaues Stirnband mit gelben Karos. Seine Nase, die in der Mitte einen kleinen Höcker aufwies, dominierte das Gesicht. Die Haut wies eine gesunde, leicht bräunliche Tönung auf, Hals und Nacken gingen kraftvoll in Brust und Rücken über. In der Hand hielt er eine Gitarre, die er virtuos beherrschte. Sein Name: Paul-Karl May – eine Tatsache, die selbst Menschen, denen logisches Denken nicht ansatzweise in die Wiege gelegt wurde, darauf schließen ließ, dass er einen wirklich absolut schlüssigen Kosenamen trug: Winnetou. Aus strategischen Gründen hatte sich Winnetou aufs Pflaster gesetzt. So wirkte er noch ein wenig ärmer, was aber günstig fürs Geschäft war.

„Unterwürfigkeit ist in meinem Job das A und O", pflegte er am Abend immer zu sagen, wenn er mit seinen Kumpels hinten am Kanal sein Feierabendbier trank. „Das ist wie in der Firma. Am besten, du nickst alles ab, bleibst immer schön leise und schließt deine eigene Meinung in den Spind; selbst wenn du zu hundert Prozent im Recht bist."

Dann hob er immer die Arme, so, als wolle er ein breit aufgestelltes Orchester dirigieren und rief aus voller Brust: „Also Bleichgesichter, auch für Straßenmusikanten und Bettler gilt: Wes' Brot ich ess', des' Lied ich sing'. Ho, ich habe gesprochen. Prosit allerseits!"

Bereits nach einer guten Stunde hatte es in Winnetous Gitarrenkasten ordentlich geklimpert, weshalb er während einer kurzen Pause – auch aus strategischen Gründen – eine Handvoll Geldmünzen herausnahm und in die Jackentasche steckte. Auch diesmal war wieder ein Fünf-Euro-Schein dabei; deutliches Zeichen dafür, dass die Leute seine Musik wirklich mochten. Denn tatsächlich: Niemals wäre einer der Geschäftsleute auf die Idee gekommen, ihn von seinem Lieblingsplatz zu verjagen. Immerzu scharte er eine Menge Leute um sich, die ihm aufmerksam zuhörten. Und immer, wenn er Balladen von Leonhard Cohen oder James Blunt sang, wurde es um ihn herum mucksmäuschenstill. Selbst der Obstverkäufer auf dem Wochenmarkt gleich um die Ecke stellte während dieser Zeit auf stumm und setzte mit seinem liebevoll-raubeinigen „Dabei, dabei, das geb' ich euch dabei" für ein paar Minuten aus.

Winnetou sang, nachdem ein junger Hauptgefreiter in Fliegeruniform kurz zuvor an ihm vorbeigelaufen war, gerade Donovans „Universal Soldier", als Lübbert H. Saathoff vor ihm auftauchte. Lübbert hatte es einmal mehr sehr eilig. Seine kurz geschnittenen, streng nach oben gegelten, blonden Haare rochen nach Kokos, die vollen, nahezu weißen Wimpern zitterten unter der Anspannung, unter der er auch heute wieder zu stehen schien. Sie kannten sich nur flüchtig, Winnetou und er; kein Wunder, machte Lübbert doch tatsächlich den Eindruck, stets auf der Flucht zu sein. Seine gut Einmeterneunzig ließen ihn aus der Menschenmasse stets von Weitem herausragen.

Auch heute trug Lübbert wieder einen seiner dunkelblauen Anzüge, die ihn seriös aussehen lassen sollten. Winnetou wusste von Lübbert unter anderem, dass dieser gleich neben Beates DVD- und Spielzeugladen an der Oldersumer Straße eine Werbeagentur betrieb und früher im Boxclub Norden aktiv war. Der rechte Aufwärtshaken sollte sein Markenzeichen gewesen sein. Doch nicht nur das war Winnetou bekannt. Denn dass Lübberts Firma dieses Mal offenbar endgültig vor der Insolvenz stand, hatte sich ebenso herumgesprochen wie die Kunde, dass der weißbrauige Geschäftsmann von Werbung so viel verstand wie eine ostfriesische Wallhecke von der Süddeutschen Klassenlotterie. Der Umgang mit Computern hingegen entwickelte sich im Laufe der Zeit zu seiner Paradedisziplin, weshalb für Spötter das H in Lübbert H. Saathoff nicht für Heinrich, sondern für Hardware stand – manchmal auch für Homepage.

Dieses Mal lief Lübbert nicht an Winnetou vorbei. Er quetschte sich durch die verträumt lauschenden Zuhörer nach vorn und hielt nun selbst für ein paar Sekunden inne. Dann griff er mit seinen langen, blassen, nahezu weißen Fingern in die zerbeulte Hosentasche und zog ein ganz offensichtlich bereits benutztes Papiertaschentuch heraus, das er aber schnell wieder verschwinden ließ. Auf seiner zitternden Handfläche verblieben neben ein paar Geldmünzen, zwei Fünf-Euro-Scheinen und einem USB-Stick fünf Lose, die man ihm kurz zuvor an einem Werbestand des Kaufmännischen Vereins angedreht hatte. Lübbert richtete den Blick auf seine mobile Habe. Dabei sah man ihm an, dass er scharf nachdachte, während Winnetou gerade die

Textstelle in Donovans Ballade vom Soldaten sang, in der er verzweifelt einen Ausweg aus dem Wahnsinn des Krieges suchte. Auch Lübbert schien verzweifelt, zumindest stark zweifelnd. Dann entschloss er sich endlich. Während er Winnetou für gewöhnlich mit einem freundlichen Gruß abspeiste, zeigte er sich heute äußerst gönnerhaft. Mit den Fingerspitzen pickte er eines der fünf noch ungeöffneten Lose von der Hand und ließ es in Winnetous Gitarrenkasten schweben.

Am Abend hatte Winnetou allein mit Kempowski an dem kleinen Besuchertisch im Flur des Kempinski gesessen, um – wie er immer sagte – den Börsenabschluss des Tages, den Manitu-Dax, bekannt zu geben. 77,22 Euro nach knapp drei Stunden, damit war er überaus zufrieden. Bevor er nachsah, was sich hinter dem Los verbarg, drehte er sich eine Zigarette und nahm noch einen Schluck Kaffee.

„Los, mach auf!", drängte Kempowski, der ernsthaft neugierig zu sein schien und einen geradezu aufgeregten Eindruck hinterließ.

Winnetou hielt die Zigarette im Mundwinkel und summte durch die Nase irgendeine Melodie, als er den perforierten Rand abzureißen begann. „Er lässt sich aufreizend viel Zeit dafür", dachte Kempowski und schüttelte den Kopf. Winnetou schien das Spiel Spaß zu machen. Er grinste und schnaufte seitlich über die qualmende Zigarette hinweg Richtung Kempowski. Als ihm eine Rauchschwade direkt ins Auge zog, er es zukniff und es trotzdem zu tränen begann, legte er das erst zur Hälfte geöffnete Los zur Seite, die Kippe in den Aschenbecher und putzte sich die Nase. Erst, als er sich mit einem Taschentuch die Tränen aus den Augen gewischt und das Stirnband gerichtet hatte, nahm er das Los wieder zur Hand und öffnete es derart ungestüm, dass das Papier nur so zischte. Was folgte, war Schweigen. Winnetou stellte das Atmen ein. Er las. Dann las er noch mal. Und noch mal. Dabei öffnete er den Mund immer weiter. Kempowski wurde nun – was man so von ihm eigentlich nicht kannte – ein wenig ungehalten.

„Mensch, Häuptling. Wenn du mir jetzt nicht auf der Stelle sagst, was auf dem vermaledeiten Losabschnitt geschrieben steht, dann kannst du diese Nacht sonst wo pennen."

Dann reichte Winnetou Kempowski das Los. Auch der öffnete nun den Mund und wechselte die Farbe: Hauptgewinn. Eine Woche *Inselhotel König*, Norderney. Sponsored by *Silomon*.

Mit Kempowski hatte er die ganze Sache durchgesprochen. In allen Einzelheiten. Fast die ganze Nacht war dabei draufgegangen und jede Menge Bier die Kehlen hinuntergeflossen. Die ersten beiden Stunden hatte er sich noch standhaft geweigert, den Preis anzunehmen, doch dann gab er nach. Bald. Ja, bald würde der große Tag für Winnetou kommen. Tatsächlich, er hatte den Hauptpreis gewonnen. Nicht zu fassen. Womit nur hatte er das verdient? Aber: Warum sollte er sich das nicht gönnen?

Zu viel Bescheidenheit macht auch nicht glücklich, dachte Winnetou, als er am anderen Tag ins Modehaus an der Auricher Burgstraße lief.

Es war ihm etwas mulmig, irgendwie verspürte er Druck im Magen und er wusste nicht, ob es vom Alkohol kam oder von der Aufregung. Dabei hatte er am Morgen noch rasch im Kempinski geduscht, die Haare gründlich gewaschen und das von Kempowski geschmierte Butterbrot mit daumendick aufgeschmierter Leberwurst gegessen. Jedenfalls gestand er sich ein nicht unerhebliches Maß an Nervosität ein, als er – unweit seines Arbeitsplatzes, den er für gewöhnlich um diese Zeit längst schon eingenommen hatte – das Modehaus betrat. Da er sich im Parterre zwischen den Kollektionen für Damen und jüngere Semester nicht so besonders behaglich fühlte, nahm er die Rolltreppe hinauf in die erste Etage.

Zwischen feinen Anzügen, Gürteln, Hemden und Sommerjacken stand ein gepflegter Herr in braunem Zweireiher. Seine Haare bedeckten die Ohren, im Nacken stießen sie gegen den weißen Hemdkragen. Rieken. Ja, klar. Rieken. Den kannte Winnetou schon lange. Sie hatten zwar noch nie ein Wort gewechselt, aber Winnetou wusste, dass Rieken einer der Top-Verkäufer bei Silomon war, der längst zum Inventar des Hauses gehörte. Ihm und Winnetou gemein war nicht nur das lange Haar, sondern auch die Liebe zu sanftrockiger Musik. Und selbstverständlich wusste Rieken, mit wem er es da zu tun hatte, wenngleich er das große Geschäft nicht witterte.

Rieken hatte die Verunsicherung in Winnetous Blick natürlich auf der Stelle erkannt und ging auf ihn zu.

„Was kann ich für Sie tun? Kann ich Ihnen behilflich sein?", fragte er.

Winnetou lief rot an. „Ich denke schon."

„Also bitte, wie kann ich Ihnen weiterhelfen?"

Winnetou fuhr sich mit dem Handrücken über die Stirn. Nervös nestelte er mit der rechten Hand in der Hosentasche seiner Jeans. Rieken beobachtete ihn und behielt gleichzeitig die Lage auf seiner Verkaufsfläche fest im Blick.

„Hier", sagte Winnetou dann und reichte Rieken zitternd das Los. „Das habe ich gewonnen."

Auch Rieken brauchte nun ein paar Sekunden, um die Sache zu verifizieren. Dann sagte er: „Herzlichen Glückwunsch. Ich freue mich für Sie. Kommen Sie. Ich begleite sie zur Geschäftsführung."

Nun ging alles blitzschnell. Bereits am übernächsten Tag saß Winnetou um 8.45 Uhr auf der Fähre nach Norderney. Kempowski hatte sich extra freigenommen und ihn zur Mole nach Norddeich gefahren, wo am Schalter der Reederei ein Ticket für seinen Freund bereitlag. Im Café am Pier kaufte Kempowski ihm noch die lokalen Zeitungen des Tages und brachte ihn zur Brücke, über die Paul-Karl May mit einem kleinen Rollkoffer die Frisia IV betrat. Im hinteren Bereich des Salons nahm er Platz, zwischen einem Trupp Handwerker, einigen gut gekleideten Herren, die über Bauplänen brüteten, und einer Gruppe bereits in Feierlaune befindlichen Damen mit Ruhrpott-Slang, die lautstark eine Flasche Prosecco orderten und sich über schlüpfrige Dinge unterhielten. Winnetou befand sich auf einem Schlag in einer anderen Welt. Überhaupt. Wenn er in den Spiegel schaute, erkannte er sich fast selbst nicht mehr. Denn beim Sponsor hatte man sich mehr als nur großzügig gezeigt. Da nicht nur Rieken, sondern auch die Geschäftsführung Winnetous Musik schätzten, ihn ohnehin sympathisch fanden und sie ihm den Gewinn gönnten, kleideten sie ihn kurzerhand komplett neu ein, schickten ihn nebenan zum Friseur (allerdings wurden nur die Spitzen geschnitten!) und schenkten ihm obendrein einen Gutschein von *Douglas* im Wert von 100 Euro. Als die Reporter der *Ostfriesen Zeitung*, der *Ostfriesischen Nachrichten* und des *Heimatblatts* anrückten, hatte Winnetou nicht mehr gewusst, wo ihm der Kopf stand.

Zwischen der Modehaus-Geschäftsführung und dem komplett angetretenen Vorstand des Kaufmännischen Vereins hatte er Aufstellung nehmen müssen. Das Blitzlichtgewitter ließ er dann ungerührt über sich ergehen und beantwortete geduldig – und durchaus auch ein wenig stolz – die Fragen der Lokaljournalisten.

Auf der Fähre, auf der ein vor ihm sitzender Insel-Reporter gerade krachend seinen Laptop zuschlug, weil die Kiste ihm zum wiederholten Mal abgeschmiert war, und sich schräg gegenüber zwei der Damen aus dem Ruhrpott bereits einer näheren Leibesvisitation durch schwarz-gelb-gekleidete Clubtouristen hingaben, ließ Winnetou die Schlagzeilen auf sich wirken. Während es das *Heimatblatt* am moderatesten angehen ließ ("Straßenmusikant gewinnt Hauptpreis"), titelten die *Ostfriesischen Nachrichten* auf Seite eins:

„Winnetou auf dem Weg nach Norderney – der Apache erobert nun auch die Insel".

DIE BLUTSPUR
VOM DAMENPFAD

Vorsichtig, scheinbar noch vorsichtiger als üblich, blinzelte die Sonne in den Tag. Feiner Dunst lag über den Häusern, sogar über denen der Zweitwohnungsbesitzer. Der städtische Teil am *Westkopf*[1] der Insel wachte an diesem leisen Morgen nur sehr zögerlich auf. Auf den vom Winter übrig gebliebenen Baustellen sammelten sich allmählich die Handwerker, während die ersten Jogger über die Promenade schnauften und am Hafen gerade die Frisia V anlegte, in die in Kürze die Norderneyer Gymnasiasten und Berufsschüler einsteigen würden. Zwei Zeitungsboten standen vor der Redaktion der *Norderneyer Badezeitung* an der Wilhelmstraße und rauchten eine Zigarette, und auch in den Personalhäusern der Hotels, Restaurants und Kneipen erwachte nur langsam wieder das Leben.

---

1 Mit den *kursiv* geschriebenen Eigennamen und Begriffen können Sie ab Seite 210 Gent Vissers „Spurensuche auf Norderney" verfolgen.

In der Straße Am Damenpfad war um exakt 7.12 Uhr der 81-jährige Rentner Karl-Heinz Buchholz aus Ennepetal mit seinem dreijährigen Border-Collie-Rüden Micky unterwegs, als dieser in Höhe des *Hotels Meeresburg* unvermittelt stehen blieb. „Wat is?", fragte Buchholz. „Dat machst du doch sonst nit."

Nun zog der Hund wie entfesselt an der Leine, und während der Rentner sein Bestes gab, die Lage in den Griff zu bekommen, zerrte das Tier solange, bis es sich losgerissen hatte. Kläffend rannte der Hund auf die andere Straßenseite und passierte die Einmündung zur Kirchstraße. Während er kurz dahinter für ein paar Sekunden stoppte, um – zumindest schien es so – sich nach seinem mittlerweile vollkommen aufgebrachten Herrchen umzusehen, wäre dieses beim Überqueren der Fahrbahn um ein Haar gestrauchelt. Nur mit Mühe und Not konnte Buchholz den drohenden Sturz auffangen, nicht jedoch ohne sich dabei und vor Schmerz wie ein Hund laut aufjaulend die Hüfte zu zerren.

Doch Kalle Buchholz gab nicht auf. Entschlossen stemmte er die rechte Pranke in die Hüfte und lief weiter – wenn auch dramatisch humpelnd – hinter Micky her, der in einem kleinen Durchgang zwischen dem *Hotel Am Damenpfad* und dem *Haus Seeblick* verschwunden war. Dort angekommen, hechelte Buchholz nur noch. Er war längst hochrot angelaufen, und das Herz pochte bis zum Hals. Den Geruch liebevoll aufgebackener Brötchen und frisch aufgebrühten Kaffees für die Hotelgäste nahm er gar nicht mehr wahr. Schweißperlen rannen Stirn und Wangen hinunter, als er die rot verschmierte Hauswand endlich realisierte, dann die Blutspritzer auf den Bodenplatten des Bürgersteigs und schließlich die Lache, in der der Kopf des Mannes mit den langen schwarzen Haaren und dem blauen Stirnband mit den gelben Karos ruhte. Dann überkam ihn Übelkeit. Eigentlich wollte er schreien, doch erstens fehlte ihm dazu der Atem, und zweitens wollte er nicht, dass die Hotelgäste aufwachten. Immerhin: So weit konnte er noch denken.

Micky hatte sich mittlerweile ein wenig beruhigt. Er saß bei Fuß und hechelte nur noch nervös, aber scheinbar zufrieden. Dann schaute er Buchholz mit treuen Augen von unten herauf an, als wolle er ihn fragen, was denn nun zu tun sei. Unter plötzlich eintretendem, ohrenbetäubenden Möwengeschrei griff Kalle schließlich nach der am Boden liegenden Hundeleine, was ihm seinerseits einen infernalischen Schmerzensschrei abverlangte, und zerrte Micky vom Tatort weg. Gleich nebenan klopfte er ans Fenster der Hotel-Rezeption. Anna, die Rezeptionistin, war gerade dabei, den Computer hochfahren zu lassen. Sie kannte Buchholz schon seit vielen Jahren. Bevor sich der Ex-Unternehmer aus NRW auf Norderney eine Zweitwohnung angeschafft und für die knapp 70 Quadratmeter mal eben gut eine halbe Million Euro aus dem Ärmel geschüttelt hatte, war er zusammen mit seiner Frau viele Jahre lang Gast im *Hotel Seeblick* gewesen. Mehrfach im Jahr hatte er in Zimmer 18 logiert, von wo aus die beiden den herrlichen Blick auf die Nordsee genossen, egal zu welcher Jahreszeit. Natürlich hatte Anna sofort bemerkt, dass mit Herrn Buchholz irgendetwas nicht stimmte.

„Was ist los, Herr Buchholz? Kommen Sie doch rein und setzen Sie sich einen Moment."

Als die junge Frau sah, dass Buchholz sich die Hüfte hielt und das rechte Bein nachzog, fragte sie: „Mein Gott. Sind Sie gestürzt?"

„Junge Frau, dat is alles halb so wild", stieß Kalle hervor und ließ sich auf einen Stuhl fallen. Dann stöhnte er: „Rufen Se schnell die Polizei. Da drüben liegt ein toter Indianer."

Es dauerte nur wenige Minuten, dann rissen die Martinshörner fast aller auf Norderney stationierten Rettungsorganisationen Gäste und Bewohner jäh aus dem Schlaf. Als Erste am Tatort waren Oberkommissar Gent Visser und sein Kollege Neumann. Visser hatte die arg eng anliegende Lederjacke geöffnet, damit er vor der Leiche – ohne den Reißverschluss zu sprengen – in die Hocke gehen und dieser den Zeigefinger an die Halsschlagader legen konnte.

Dabei hielt er für einige Sekunden die Luft an, fixierte mit geübtem Blick über den Rand seiner Hornbrille einen Blutfleck an der Biotonne und stellte zur Überraschung aller inzwischen umstehenden Brötchentütenhalter fest: „Der Tote lebt noch. Wo bleibt der Notarzt?"

Neumann gelang es nur sporadisch, die Gaffer zu verjagen. „Das Beobachten dieses Einsatzes ist im Kurbeitrag nicht enthalten", schimpfte er und bat gleichzeitig einen Passanten in Jogginghose, über deren Rand die Wampe bedrohlich quoll, das rot-weiße Absperrband einen Moment festzuhalten, weil sein Handy klingelte. Zur großen Überraschung der aufgeregt tuschelnden Zaungäste bog jetzt nicht nur der Smart des Notarztes mit quietschenden Reifen um die Ecke, sondern auch die Freiwillige Feuerwehr. Die Frage, warum diese nicht nur mit dem Einsatzleitwagen, sondern auch mit dem Löschfahrzeug und der Drehleiter anrückte, war zunächst nicht zu beantworten. Später stellte sich heraus, dass es sich dabei um ein Missverständnis bei der Alarmierung gehandelt hatte. Dabei zeigten für den rasanten Einsatz der Floriansjünger zumindest alle Einheimischen Verständnis. Denn sicher ist sicher. Die Norderneyer Wehrleute machten keine halben Sachen. Erst gestern waren sie zu den Appartements am Badehaus gerufen worden, weil dort die automatische Brandmeldeanlage angeschlagen hatte. Aber auch dort war ihr Einsatz nicht wirklich gefragt. Der unkontrollierte Gebrauch von Haarspray hatte das Warngerät irritiert und aufjaulen lassen.

„Bei dem verunfallten Mann, besser gesagt, bei dem Verletzten, handelt es sich um den Paul-Karl May, wohnhaft in Aurich, Jahrgang 1971", nuschelte Visser in die Telefonmuschel der Hotel-Rezeption. „Es war mit absoluter Sicherheit massive Gewalteinwirkung. Ob es ein Raubüberfall war, können wir noch nicht sagen", ergänzte der Norderneyer Oberkommissar. Dabei sah man ihm an, dass er seinem Gesprächspartner am anderen Ende der Leitung konzentriert zuhörte.

Es schien sich um einen Vorgesetzten zu handeln, was aus dem ständigen Nicken des Inselpolizisten zu schließen war: „Selbstverständlich. Der Tatort ist längst abgesperrt. Neumann hat das erledigt. Wir haben die Lage hier voll im Griff. Ja. Natürlich holen wir Sie am Hafen ab, falls Sie das möchten. Aber glauben Sie mir. Das kriegen wir selbst hin. Sobald Karl May ansprechbar ist, wird der Chefarzt uns informieren. Das Opfer liegt bereits auf der Intensivstation des Krankenhauses. Dort wird es gut versorgt."

Dann legte Visser den Hörer auf, sagte laut und deutlich „Arschloch", wischte sich den Schweiß von der Stirn, nahm sich aus dem Glas auf der Rezeptionstheke ein Sylter Bonbon und rannte zurück an den Tatort.

Schon am späten Vormittag wachte Winnetou auf. Das Erste, was er sah, war ein Tropf, der ihn am Leben hielt und dessen Inhalt vermutlich nicht unerheblich dafür sorgte, dass er keine Schmerzen spürte. Es dauerte jedoch eine ganze Weile, bis ihm klar war, wo man ihn abgelegt hatte und vor allem, warum er sich nicht nur auf Norderney, sondern zu allem Überfluss auch noch im dortigen Krankenhaus befand. Als sich die Tür öffnete, traten Schwester Paula und Chefarzt Thomas Nordwig ein. Nordwig lächelte den Patienten an, als er sah, dass er die Augen geöffnet hatte. Der Arzt beugte sich über ihn, während die Schwester die Funktion des Tropfes überprüfte.

„Ich weiß, es ist 'ne blöde Frage, aber: Wie geht es Ihnen?", fragte Nordwig.

„Ich kann es Ihnen noch nicht genau sagen", gab Winnetou zurück. Ich habe erst vor wenigen Minuten bemerkt, wo ich bin und dass ich noch lebe."

„Das hätte auch schlimmer ausgehen können. Sie hatten offensichtlich Glück, Herr May."

Winnetou schaute den Arzt fragend an.

„Sie haben am Hinterkopf eine Wunde, die mit sieben Stichen genäht werden musste. Daraus haben Sie einiges an Blut verloren. Zudem haben Sie ein blaues Auge und ein nicht zu übersehendes Hämatom am Kinn."

Winnetou fuhr sich mit der Hand vorsichtig an die bei ihm ohnehin ausgeprägte Gesichtslade und schaute weiter fragend.

„Sie werden den Schmerz später spüren. Für den Moment haben wir Ihnen Medikamente verabreicht, damit Sie Ruhe finden und schmerzfrei sind. Wenn Sie später aufstehen können und in den Spiegel schauen, dann werden Sie es sehen", fuhr Nordwig fort und blinzelte Winnetou dabei an. Dann stellte der Arzt sich kerzengerade vors Bett, kniff die Augen kurz zusammen und warf die Stirn in Falten.

Dann sagte er: „Und nun lasse ich für ein paar Minuten einen Herrn zu Ihnen herein, Herr May. Der ist von der Polizei und hat ein paar Fragen. Denn die Verletzungen, die Sie sich zugezogen haben, beruhen wohl kaum auf Zufall."

Während der Chefarzt und die Krankenschwester gemeinsam das Zimmer verließen, hörte er Nordwig im Flüsterton sagen: „Nur für ein paar Minuten, der braucht noch ein paar Tage, bis er wieder fit ist."

Oberkommissar Gent Visser betrat das Krankenzimmer sehr zögerlich. Fast hätte man meinen können, er trage eine Bleiweste oder jemand hielte ihn an den Hosenträgern fest. Aber das war in Krankenhäusern immer so. Irgendetwas nötigte ihm gehörigen Respekt ab. Ob es der eigentümliche Geruch war, der sein Atmen nahezu blockierte, die Armada der Weißkittel, vor der er sich aus irgendwelchen Gründen automatisch verbeugte, oder ob er schlicht und ergreifend Angst hatte vor einem Anblick, der Übelkeit in ihm hervorrufen konnte, war schwer zu sagen. Wie gut, dass auf Norderney Vernehmungen hinter Krankenhausmauern selten bis gar nicht vorkamen. Jedenfalls trat Visser auch diesmal voller Ehrfurcht ein, vorbei an der halb geöffneten Tür, die zur Toilette führte. Die zimmerbreite Fensterfront am Ende des Raums, in dem nur ein Bett stand und der wohl auch deshalb den Eindruck einer kleinen, in die Jahre gekommenen Wartehalle besaß, gefiel ihm. Von dort aus hatte man nämlich einen formidablen Blick Richtung Insel-Osten und übers Wattenmeer. Die Sonnenaufgänge mussten von hier aus traumhaft zu beobachten sein, überlegte der Polizist, der mit seinen Einszweiundneunzig wie ein Hüne dastand und – wäre er noch einen Schritt weiter gegangen – einen nicht unerheblichen Schatten geworfen hätte. Dann ratschte er den Reißverschluss seiner Lederjacke mit einem Zug nach unten und hielt sich den Bauch. Seitdem er nicht mehr rauchte, hatte er innerhalb von gut vier Monaten fünf Kilogramm zugelegt. „Verdammt, das geht so nicht weiter", dachte Visser und schwenkte dann rasch scharf nach links auf Winnetous Bett zu. Der Patient lächelte ein wenig gequält zurück, als Visser auf ihn zutrat, ihm die Hand reichte und sich für einen freundlichen Gesichtsausdruck gewaltig zusammenriss.

„Mein Name ist Visser. Gent Visser. Ich leite hier auf der Insel sowohl die Polizeidienststelle als auch die Untersuchungen in Ihrem Fall."

„May. Paul-Karl May", gab Winnetou zurück, ohne mit der Wimper zu zucken.

„Ich hoffe, es geht Ihnen einigermaßen", sagte Visser dann, strich sich mit der rechten Hand durchs die drei Millimeter kurzen grau-schwarzen Barthaare, dass es nur so zischte. Dann griff er nach einem an der kahlen Wand stehenden Holzstuhl, der aus den Siebzigerjahren übrig geblieben zu sein schien und nahm darauf Platz.

„Woran können Sie sich erinnern?"

Winnetou zuckte mit den Schultern.

„Haben Sie den Täter gesehen? Haben Sie irgendetwas gehört? Was haben Sie kurz zuvor gemacht? Wo kamen Sie her?"

„Es war so ein wunderschöner Abend", begann Winnetou. „Nach dem Essen im Hotel bin ich hoch aufs Zimmer, habe den feinen Anzug ausgezogen und bin in bequeme Klamotten gestiegen. Dann habe ich mir die Gitarre geschnappt. Ich wollte irgendwo in die Dünen; singen und spielen. Ganz allein."

Winnetou griff nach seinem Wasserglas auf dem Nachttisch. Visser kam ihm zuvor und reichte es ihm an. Nachdem er getrunken hatte, fragte der Polizist: „Und dann? Wie ging es weiter?"

„Ich bin dann raus, habe mich vor das Inselhotel gestellt und mir dort erst mal eine Zigarette gedreht. Dann bin ich losgegangen. Ich wusste nicht genau, in welche Richtung ich laufen sollte. Da bin ich einfach drauflos. Als ich dann irgendwann die *Marienhöhe* sah, hatte ich wieder Orientierung und wusste, dass ich bald am Strand sein würde. Und dann nur noch weiter Richtung Osten, hatte ich gedacht. Da würde ich garantiert einen schönen Platz finden."

„Und dann?"

Winnetou schwieg nun. Er schien nachzudenken. Sehr angestrengt. Als Visser merkte, dass seinem Gesprächspartner Tränen in die Augen stiegen, fasste er ihn vorsichtig an der Schulter und fragte: „Haben Sie Schmerzen?"

„Ja, aber nur ein wenig."

„Dann erzählen Sie mir bitte noch eben den Rest. Dann lasse ich Sie auch wieder in Ruhe. Denn Ihnen muss ja auch daran gelegen sein, dass wir denjenigen, der Sie so zugerichtet hat, finden."

Winnetou richtete sich auf. Sein Oberkörper wirkte ein wenig bullig. Die schwarzen Haare fielen über die Schulter, die von einem weißen T-Shirt bedeckt war. Der Verband um seinen Kopf, der das Stirnband heute überflüssig machte, saß so fest, dass der Stoff nach dem Abnehmen mit Sicherheit rote Abdrücke auf der Stirn hinterlassen würde. Die Kinnpartie glänzte. Die hatte eine Schwester mit irgendeiner Creme kurz zuvor vorsichtig einmassiert. Rot unterlaufen und bräunlich schimmerte die lädierte Haut darunter durch. Dort musste es am Abend zuvor ordentlich gekracht haben, überlegte der Ermittler.

„Können Sie das Kopfteil da hinten bitte mal eben einhaken?", fragte Winnetou stöhnend, dann atmete er tief durch und sagte: „Ich habe urplötzlich einen Schlag auf den Kopf gespürt. Mein erster Gedanke war, da will mir einer meine Gitarre klauen. Glauben Sie mir, Herr Kommissar. Ohne meine Klampfe bin ich nichts", rief Winnetou in seiner Erregung, dass es von den kahlen Wänden bleiern zurückschallte.

Auch Visser hob die Stimme: „Und dann?"

„Von da an weiß ich nichts mehr. Fast nichts mehr. Ich war noch mal kurz bei Bewusstsein. Da habe ich von weit her Stimmen gehört und bemerkt, dass mein Kopf direkt neben einem Mülleimer lag. Von da an weiß ich nichts mehr. Plötzlich war ich hier. Hier in diesem Zimmer."

Visser erhob sich vom Stuhl. Im Krankenzimmer herrschte nun absolute Stille. Auch von draußen, aus der *Nordhelm-Siedlung* oder direkt unten von der Lippestraße her, drang kein Laut herauf, obwohl das Fenster auf Kipp stand. Visser zog sich die Hose, dessen Bund vom Sitzen runtergedrückt worden war, mit beiden Händen am Gürtel so gut es ging nach oben. Der überhängende Bauch bestimmte die Höhe. Dabei konnte Winnetou das Halfter und den Griff der P 2000 sehen. Dann trat Visser vor das Fenster, schaute nach unten, wo außer zwei in sich gekehrten, schweigenden Spaziergängern tatsächlich keine Menschenseele zu sehen war, und fragte gegen die Fensterscheibe: „Aber Herr May. Das würde ja bedeuten, dass Sie die ganze Nacht und damit bis zum anderen Morgen um 7.15 Uhr leblos zwischen zwei Häusern neben Mülleimern auf dem Boden gelegen hätten?"

Dann drehte Visser sich um und schaute den Patienten fest an. Winnetou sah, dass über dem Inselpolizisten ein überdimensionales Fragezeichen schwebte.

„Überlegen Sie noch mal. Haben Sie Stimmen gehört, können Sie sich an Gerüche erinnern? Hatten Sie das Gefühl, verfolgt zu werden? So etwas merkt man ja manchmal auch."

Winnetou drückte den Kopf ins weiße Kissen. Seine Haare, die mittlerweile reichlich ungepflegt aussahen, fielen auf den kühlen Baumwollstoff. Er schloss die Augen. Als Visser sich ihm näherte, sagte er: „So sehr ich mich auch anstrenge. Ich spürte nur den Schlag und einen fürchterlichen Schmerz. Schwindel überfiel mich. Dann sank ich nieder. Ich habe nichts gehört und nichts gesehen. An Gerüche erinnern kann ich mich schon gar nicht."

Visser trat nun ganz nah vor Winnetous Bett und beugte sich vornüber. Der Kranke hatte die Augen geschlossen, und trotz der Aufregung wirkte sein Gesicht vollkommen entspannt. Er schien geradezu entrückt zu sein. Als er die Augen öffnete, schüttelte er sich allerdings vor Schreck. Er hatte nicht bemerkt, dass der Polizist sich ihm auf so ungewöhnlich kurze Distanz genähert hatte. Denn er schaute Visser nun aufs lediglich knapp einem halben Meter Entfernung mitten ins Gesicht. Die braunen Augen des Fahnders waren weit geöffnet, auf der Nase wuchsen feine Härchen, fast fingerdicke Furchen durchzogen die Stirn, die Krähenfüße an den Augenwinkeln zuckten nervös. Der Norderneyer Ermittler roch nach Sylter Bonbons – ziemlich streng, so streng sogar, dass Winnetou die Augen tränten.

„Rufen Sie mich an, wenn Ihnen etwas einfällt", raunzte Visser dann.

Erst als er das gesagt hatte, stellte er sich wieder gerade vors Bett und griff in die linke Brusttasche, aus der er eine Visitenkarte fuchtelte. Zwischen Mittel- und Zeigefinger geklemmt schnipste er sie aus dem Handgelenk heraus aufs blütenweiße Plumeau. Dann drehte er sich auf dem Absatz und verließ das Zimmer. Die Tür zog er so fest ins Schloss, dass man es auf dem ganzen Flur hören konnte.

KRANKENBESUCH

Als Winnetou erwachte und ihm bewusst wurde, dass es mitten in der Nacht sein musste und er sich immer noch im Nordeneyer Krankenhaus befand, blieb er zunächst für ein paar Sekunden liegen. Er bewegte sich einfach nicht. Die Augen hielt er geschlossen, und es wunderte ihn ein wenig, dass er nach all dem, was in den vergangenen Stunden geschehen war, wieder auf so schlichte Weise genießen konnte. Er fühlte sich unter der warmen Bettdecke so behaglich, dass er darauf verzichtete, auf die Uhr zu schauen und – obwohl es eigentlich dringend war – mal eben um die Ecke für kleine Jungs zu gehen. Er träumte in den Moment hinein, nichts sollte ihn stören in diesem Augenblick, den er als so wohltuend und angenehm empfand. Das Einzige, was er hörte, war sein eigener Atem, und selbst der ging so leise, dass er hochkonzentriert sein musste, um ihn wirklich wahrzunehmen. Die Nacht hatte nach der Insel gegriffen und sie in ein schweigendes Dunkel gelegt. Besser konnte es nicht sein. Die Menschen schliefen den Schlaf der Gerechten, hinten im Osten bellte ein Hund. Das war's denn aber auch schon. Heile Welt, dachte Winnetou. Nur schade, dass er nicht im Hotel, sondern stattdessen im Krankenhaus liegen musste. „Aber: Die Klampfe steht unversehrt neben meinem Bett, die Kopfschmerzen sind verschwunden, und schon morgen werde ich wieder im Insel-Hotel logieren. Alles ist gut. Wie wunderbar", dachte er.

Doch der schöne Mondschein trog. Denn das zunächst unbestimmte, dann das bestimmte, danach das ganz und gar sowie absolut sichere Gefühl, dass er auf diesen knapp zwölf Quadratmetern nicht nur seinen eigenen Atem hörte, sondern auch den eines anderen Menschen, versetzte ihn von der einen auf die andere Sekunde in Panik. Ihm lief ein eiskalter Schauer über den Rücken. Dumpfe Herzschläge pochten wütend gegen die Schläfen. Sein Kopf wurde heiß, der Hals zog sich zu und ihn befiel das Gefühl, dass sich eine Hand im Inneren seines Magens zu schaffen machte. Plötzlich kehrten die Kopfschmerzen zurück, und er spürte den Schmerz an der ramponierten Kinnlade so heftig, als schlage jemand mit dem Vorschlaghammer zu. Als er es endlich wagte, die Augen zu öffnen, bemerkte er als Erstes den Schatten, der sich wie eine Diagonale des Grauens im Zimmer ausgebreitet hatte. Es bestand überhaupt kein Zweifel, dass dieser Schatten aus der Ecke mit dem kleinen Tisch und dem Stuhl kam, auf dem Winnetou vor ein paar Stunden noch gesessen hatte, um sein Abendessen einzunehmen. Und noch etwas hatte sich im Krankenzimmer verändert. Es roch nach Nikotin und nach einem Eau de Toilette, das ihm noch vom Abend zuvor in der Nase lag – und an dem haftete alles Mögliche, nur keine guten Erinnerungen. Als der Schatten dann auch noch zu sprechen begann, wurde Winnetou endgültig speiübel.

„He, Häuptling. Ich bin's nur, Lübbert. Tut mir leid, dass ich dich erschrecke", hauchte der Schatten.

Winnetou war nun dermaßen geschüttelt, dass er ein paar Tränen rausquetschen musste.

„Du Arschloch!", rief er dann, woraufhin sich der Schatten erhob und auf ihn zukam. Es war tatsächlich Lübbert H. Saathoff, der Auricher Computer-Fuzzi mit den weißen Augenbrauen. Als der die Hand zur Beruhigung auf seine

Schulter legen wollte, zuckte Winnetou erneut zusammen, rückte mit dem ganzen Körper an die Wand und hielt den Atem an.

Sofort zog Lübbert die Hand zurück und flüsterte: „Ich bin gekommen, um mich bei dir zu entschuldigen. Ich habe dich nicht verletzen wollen. Ich war am Ende sturzbetrunken."

„Ich hab's gemerkt. Was willst du hier? Ich hab dir alles gesagt. Hau ab!"

„Ich möchte nur sagen, dass ich dir glaube, was du gesagt hast. Aber du musst auch mir glauben. Natürlich habe ich dir den Trip nach Norderney gegönnt. Aber als ich in der Zeitung las, dass ein 41-jähriger Mann in der Spielbank auf Norderney den Jackpot geknackt hat, sind die Nerven mit mir durchgegangen. Ich war mir sicher, dass du das warst."

„Aber das ist immer noch kein Grund, so brutal auf mich einzuschlagen."

„Ja. Ich weiß. Ich kann dir auch gar nicht sagen, wie leid mir das alles tut. Aber du musst wissen, dass ich am Ende bin. Meine Firma ist pleite. Runtergefahren, quasi. Ich komme aus der Nummer nicht mehr raus. Ich bin eine gescheiterte Existenz. Alles, ja alles, was ich anfasse, geht in die Hose. Andere machen aus Schei…, na, du weißt, was ich meine, Geld. Bei mir geht alles schief."

Jetzt setzte Lübbert sich wieder auf den Stuhl in der Ecke und schwieg einen Moment. Winnetou hatte sich mittlerweile in seinem Bett aufgerichtet, wobei sein Atem allmählich wieder halbwegs normal ging. Dann hob Lübbert, in der dunklen Zimmerecke kauernd, wieder an: „Weißt du, Häuptling. Versetze dich doch mal in meine Lage. Ich sitze zu Hause in Aurich und habe keine Ahnung, was ich mir aufs Butterbrot schmieren soll, da lese ich in der Zeitung die Sache vom Jackpot. Da dachte ich: ‚Ich Blödmann. Von meinem nicht vorhandenen Geld schenke ich dem Indianer ein Los, der macht den Hauptgewinn, fährt wie ein feiner Pinkel auf die Insel der Schönen und Reichen, wo er nun auch noch in der Spielbank knapp 50 000 Euro einsackt, während ich am Hungertuch nage und kurz vor dem Offenbarungseid stehe.' Glaub mir, Winnetou, das war einfach zu viel. Und die Geschichte, dass nicht du, sondern dieser Unsympath von einem Hotelier, der ohnehin vor lauter Kohle kaum noch aufrecht gehen kann, den dicken Gewinn gemacht hat, konnte ich dir gestern einfach nicht glauben."

Ein sich auf dem Flur näherndes Geräusch ließ Lübbert innehalten. Auch Winnetou hielt die Luft an. Es musste die Nachtschwester sein.

„Was will die?", fragte Lübbert.

„Sei einfach leise", antwortete Winnetou, und schon öffnete sich die Tür, und die Nachtschwester trat ins Zimmer. Lübbert stellte wie gewünscht das Atmen ein und Winnetou tat, als schliefe er. Dies erledigte er so glaubhaft, dass der Nachtschwester ein Blick genügte, um sich davon zu überzeugen, dass alles in Ordnung war. Kaum hatte sie das Zimmer verlassen, fragte Lübbert: „Wo waren wir stehen geblieben?"

„Also, du Vollidiot. Du wolltest mir gestern Abend nicht glauben, dass ich selbst gesehen habe, wie Onno Aden, Geschäftsführer des *Hotels Weißer Sand*, 49 777 Euro in der Spielbank unweit des Kurplatzes gewonnen hat und danach zum kollektiven Besäufnis und anderen Vergnügungen im *Inselkeller* verschwunden ist."

„Ja, ich erinnere mich", kam es ziemlich kleinlaut aus der Ecke des Ex-Boxers.

„Gut. Dann sind wir ja schon mal einen kleinen Schritt weiter", sagte Winnetou, der sich nun aus dem Bett erhob und breitbeinig auf Lübbert zuging: „Was du mir nach rund vierstündiger Diskussion dann immer noch nicht abgenommen hattest, ist im Übrigen auch jetzt noch von Bedeutung, vielleicht sogar von entscheidender Bedeutung."

Lübbert blickte fragend.

„Dass Aden früher in Köln ein Etablissement besaß, wo er illegal eingeschleuste Frauen beschäftigte, das haben zwei Männer in der Spielbank getuschelt. Außerdem: Niemand, kein einziger Mensch, gönnt Aden den Gewinn. Und weißt du was, Lübbert?"

„Nee", grunzte der.

„Ich gönne es dem Aden auch nicht. Du kannst dir nicht vorstellen, wie abfällig der mich angeschaut hat, als ich ihm zum Gewinn gratuliert habe. Er hat mir für drei, vier Sekunden in die Augen geschaut, mich dann einmal kurz von oben bis unten gemustert, bevor er die Nase rümpfte, mir 'nen Zwanziger in die Hand drückte und sagte: „Hier Kleiner, kauf dir davon bei Rossmann 'ne Haarkur. Die hilft auch gegen Flöhe."

Lübbert zeigte sich beeindruckt. Es fiel ihm sichtbar schwer, direkt darauf zu reagieren. Fast verschämt schaute er zu Boden. Winnetou atmete tief durch und blies sich dabei eine Strähne aus der Stirn. Dann sagte Lübbert: „Ich hab' da 'ne Idee."

BEKANNTSCHAFTEN

Als Winnetou das Krankenhaus verließ, saß Lübbert bereits mehr als eine Stunde auf der Terrasse des *Café am Meer*. Von dort hatte man das Hauptportal des Krankenhauses perfekt im Blick. Niemand, der das Gebäude betrat oder es verließ, entging dem wachen Auge des Beobachters. Die südliche Gebäudefront der Allergie- und Hautklinik genoss bereits reichlich Sonne, als Winnetou kurz nach der Visite um 10.15 Uhr munter pfeifend und aufrechten Ganges die Klinik verließ. Er wirkte noch ein wenig müde, und seine Kinnlade schimmerte mittlerweile zum vertrauten Blau-Grau auch noch ein wenig grün und gelb. Die Haare hatte er mit einem Gummiband zum Zopf gebunden, das Stirnband steckte ganz im Gegensatz zu Winnetous sonstigen Gepflogenheiten in der Hosentasche. Außer seiner Gitarre trug er nichts bei sich. Für den einen Tag und die eine Nacht im Krankenhaus hatten die Schwestern ihm ein weißes T-Shirt und eine alte Schlafanzughose organisiert. Den neuen Anzug von *Silomon*, der reichlich verschmutzt war, hatte eine der Schwestern so gut es ging gesäubert und ihn sogar zum Lüften vors offene Fenster gehängt. T-Shirt und Schlafanzughose hatte Winnetou am Morgen, akkurat gefaltet, auf den Besucherstuhl gelegt. Den Stationsarzt und seine fünfköpfige Begleitung hatte Winnetou zur Abschlussvisite also im Anzug empfangen. „Heute gefallen Sie mir schon viel besser", sagte Dr. Nordwig und wünschte ihm alles Gute, wobei er ein leichtes Schmunzeln nicht zurückhalten konnte.

Als Lübbert Winnetou sah, sprang er vom Stuhl auf, drückte die Kippe im Aschenbecher aus und lief auf ihn zu. Sie begrüßten sich per Handschlag. Das wirkte ein wenig steif. Aber offenbar wussten beide noch nicht so recht, wie sie mit der Situation umgehen sollten. Besonders Winnetou überlegte immer wieder, ob er Lübbert vertrauen konnte und ob dessen Idee, die er ihm am Abend zuvor unterbreitet hatte, auch für ihn ein gutes Ende nehmen würde. Als hätten sie es eingeübt, nahm Lübbert ihm nun die Gitarre ab und schulterte sie seinerseits, damit Winnetou sich erst einmal seine Morgenzigarette wickeln konnte. Während sie dann am Café vorbei Richtung Lippestraße schlenderten, blickte Lübbert den Entlassenen von der Seite an und brach endlich das Schweigen: „Mensch, du hast dir ja Zeit gelassen. Ich warte hier seit mehr als einer Stunde. Ich dachte schon, die würden dir noch 'ne neue Kinnlade einbauen."

„Erzähl' keinen Unsinn", entgegnete Winnetou, drehte sich um und ging zielgerichtet auf die Café-Terrasse zu. „Du hast einiges gutzumachen. Das weißt du ja."

Lübbert nickte. Dabei sah er aus wie ein kleiner Junge, der sich fürchterlich für etwas schämte, das er zuvor angestellt hatte.

„Also. Ich trinke Cappuccino und nehme zwei Brötchen mit Kochschinken. Und bevor du die Bestellung aufgibst, kannst du mir noch Feuer geben. Mein Fidibus ist seit vorgestern Abend spurlos verschwunden. Es soll da so eine Auseinandersetzung mit einem ehemaligen Box-Champion gegeben haben, die für mich zwischen einigen Mülltonnen in der Horizontalen endete."

Lübbert grinste und schnippte das Feuerzeug an. „Alles klar, großer Indianer. Aber du musst wissen, dass dein Hunger begrenzt sein sollte. Meine aktuelle Barschaft liegt bei exakt 15,40 Euro, der Überziehungskredit ist am Limit. Wie gut, dass ich ein Rückfahrticket in der Tasche habe."

Als die Bedienung die Bestellung aufgenommen und Winnetou noch einmal kräftig an der Zigarette gezogen hatte, löste er mit geschickten Griffen die Bandage vom Kopf, schüttelte die schwarze Mähne und kramte das Stirnband aus der Hosentasche hervor.

Im Radio liefen beim *Norderneyer Sturmwellensender* zu dieser Zeit die lokalen Nachrichten:

„Erneuter Fehlalarm für die Freiwillige Feuerwehr Norderney", summte Chefmoderator Flint Cassens. „Nach Auslösen der automatischen Brandmeldeanlage heute Morgen um 7.10 Uhr in der Kurklinik Maria am Meer war zunächst mit einem Großbrand gerechnet worden. Als die Kameraden dann vor Ort eintrafen, machten sie die unsachgemäße Anwendung eines Föns in Verbindung mit dem Aufbringen von Haarspray als Ursache für das Auslösen der Anlage aus. 26 Feuerwehr-Kameraden waren im Einsatz, der bereits nach fünf Minuten beendet war."

Lübbert und Winnetou warfen sich einen gedehnten Blick zu und grinsten. Dann pulte Lübbert kopfschüttelnd eine Zigarette aus der Reval-Packung. Winnetou begann damit, „Ring of Fire" von Johnny Cash zu summen. Dabei konzentrierte er sich auch wieder auf sein Stirnband, das er mit ein paar geschickten Handbewegungen um den knorrigen Schädel spannte, als eine schwarze Limousine mit zwei blitzenden Auspuffrohren, getönten Scheiben, verchromten Zierleisten und überdimensionierten Alufelgen um die Ecke bog und vor dem Café parkte.

Fehlt nur noch Blaulicht, dachte Winnetou, während es aus Lübbert hemmungslos und bis an die Nachbartische hörbar herausbrach:

„Achtung, gleich steigt der Bundespräsident aus. Fertigmachen zur Nationalhymne!"

Als sich die Fahrertür öffnete, legte sich urplötzlich ein nicht näher definierbares Schweigen über den nördlichen Teil der Lippestraße. Selbst Radio-Mann Flint Cassens schien seine Nachrichten zu unterbrechen, als der hoch aufgeschossene Mann mit den grauen Schläfen, dem blütenweißen, auf Taille geschnittenen Hemd, dem blauen Kaschmirschal, der Edel-Jeans und den auf Hochglanz polierten und an den Seiten gelochten Slippern von Prada regelrecht aus dem Wagen schwebte.

Natürlich war es ihm unverzüglich gelungen, seinen Dünkel wie eine Haube auf das komplette Gebiet zwischen der Einmündung Karl-Rieger-Weg und dem Strandaufgang Detmold – inklusive aller angeschlossenen Seitenstraßen – zu legen. Als er sich mit ein paar eleganten wie vollkommen unauffälligen Kopfdrehungen davon überzeugt hatte, alle Aufmerksamkeit auf sich gezogen zu haben, ließ er die Wagentür dumpf ins Schloss gleiten. Doch bevor er den Autoschlüssel in der Hosentasche verschwinden ließ, galt sein ganzer Eifer der Armbanduhr, die in der Sonne glänzte wie eine Monstranz bei der Fronleichnamsprozession. Wie ärgerlich, dass der Zeitmesser immer wieder raschelnd gegen die Manschette stieß. Störrisches Ding aber auch!

„Es ist ja auch nicht immer so einfach mit den Breitlingen und Cartiers dieser Welt, zumal diese am Gelenk ganz schön zickig sein können", säuselte Winnetou. Dabei fasste er Lübbert am Ärmel, zog ihn nah an sich heran und flüsterte ihm ins Ohr, nun allerdings in ernsthaftem Ton: „Das ist er."

„Wer?"

„Das ist Aden. Der Hotelier."

„Das ist also der Kerl, der neulich die Kohle in der Spielbank abgeräumt hat …"

„… und weswegen du mir 'ne Abreibung verpasst hast."

„Korrekt. So war's. Und ich entschuldige mich noch einmal dafür."

Lübbert setzte sich wieder aufrecht hin, nahm einen großen Schluck vom mittlerweile nur noch lauwarmen Kaffee, griff nach Winnetous Tabakbeutel und schnalzte mit der Zunge. Er zog die Stirn in Falten, während um die beiden herum fröhliches Gemurmel und Gekicher begann.

Von Aden war nichts mehr zu sehen. Er war auf klackenden Absätzen längst in Richtung Krankenhausportal verschwunden. Lübbert musste tief durchatmen. Er legte die Stirn in Falten. Schweigend begann er damit, Daumen und Zeigefinger durch die struppigen, schneeweißen Augenbrauen gleiten zu lassen.

Dann sah er Winnetou fest in die Augen und hauchte: „So sieht der also aus. Na denn."

KAPITEL II

MEIN NAME IST VISSER – GENT VISSER

Wenn er Ruhe brauchte, dann verzog er sich meist in seine Parzelle. Diese befand sich gleich neben dem Vereinsheim im Norderneyer Kleingartengelände *Schlickdreieck*. Vor der Laube wartete eine Ruhebank mit gusseisernem Gestell auf ihn, die ihm seine Hobbygärtner-Kollegen vor drei Jahren zum fünfzigsten Geburtstag geschenkt hatten. Gent fand sie zwar schön und meinte, sie werde durch die Verwitterungen jedes Jahr noch schöner, doch er nutzte sie nicht. Er hatte sie zum Anschauen. „So, wie meine Blumen", sagte er immer, wenn man ihn fragte, warum er die Bank nicht nutzte. Auch heute saß er auf dem kleinen Treppenabsatz, den er sich aus alten Klinkern selbst zusammengemauert hatte und blickte hinüber ins Blumenbeet. Klatschmohn, Rittersporn, Anemonen; Gent Visser liebte es bunt. Und natürlich seine Rosen. Sie zierten nicht nur den Holzbogen am Eingang seiner Parzelle, sondern auch die Frontseite und den südlichen Giebel der Laube. Vissers Parzelle trug keinen Namen. Er fand das albern.

„Abendsonne", „Morgenfrieden" oder „Papas Paradies". Dies alles stufte er als reichlich einfallslos und gefühlsduselig ein. Sein Humor war schlicht ein anderer. Und damit konnte er komplette Vereinsversammlungen im Stile karnevalistischer Prunksitzungen aus den Angeln heben.

Heute wäre ihm dies allerdings nicht gelungen. So wie er da auf seinem kleinen Treppenabsatz kauerte, mit den Ellbogen auf den Knien und den Kopf in die kräftigen Handflächen abgelegt, wirkte er beträchtlich in sich gekehrt. Insgeheim war er heute sogar froh, dass weit und breit niemand zu sehen war; selbst auf ein Schwätzchen unter lieben Kollegen hatte er keine Lust. Der Arztbesuch gestern Morgen, unmittelbar nach dem Einsatz mit dem zusammengeschlagenen Mann am Damenpfad, hatte ihn nachdenklich gemacht, sehr nachdenklich. Es war mal wieder so ein verdammter Tag, an dem die Gedanken verschwammen. Er wusste ihnen keine Struktur zu geben, er schaffte es nicht, die Probleme, die ihn momentan bewegten, in sich zu ordnen, geschweige denn, sie zu lösen. Vielleicht war Gent auch wieder allzu grüblerisch heute. Das und die Tatsache, dass er bisweilen ein wenig harmoniebedürftig daherkam, warfen Freunde wie Kollegen ihm nicht selten vor.

Schon als junger Kerl hing er den Gedanken nach. Spätestens in der Oberstufe, als er mit der Fähre Tag für Tag tapfer durchs Wattenmeer nach Norden zum Gymnasium fuhr, entdeckte er seine Leidenschaft für Literatur und Philosophie. Es war der Religionslehrer, der mit seiner Klasse „Die Pest" von Albert Camus las. Fortan hatte er sein geheimes Hobby gefunden, das Lesen. Es riss ihn mit und ließ ihn kaum noch los; über all die Jahre.

In der Familie konnte er damit nicht unbedingt landen. Wir sind bodenständige Leute, ehrliche Arbeiter. Unsere Vorfahren fuhren hinaus aufs Meer, waren Seenotretter und immer froh, wenn sie ihre Kinder satt bekamen. Warum soll das bei uns anders sein, bekam er stets zu hören, wenn er Geld brauchte, um sich ein Buch zu kaufen. Dass er aufs Gymnasium gehen durfte, verdankte er seinem Grundschullehrer. Eines Abends war der bei den Vissers zu Hause aufgetaucht und hatte gefragt, warum sie den kleinen Gent, der immerhin der Klassenprimus sei, nicht fürs Gymnasium anmelden wollten.

Eines Tages, Gent war gerade 17 Jahre alt, ging sein Taschengeld für den Kauf eines Philosophie-Wörterbuchs drauf. Da musste er sich unangenehmen Fragen stellen. Sein Vater räumte zwar ein, dass Lesen nützlich sein könne, aber warum er so „ein komisches Zeug" las, wollte ihm nicht einleuchten. Was man im Kopf mit sich trage, sei zwar außer Gefahr, in die Hände eines Gerichtsvollziehers zu fallen, sagte Gents Vater. Aber: „Vielwisserei ersetzt keinen Verstand!" Dieser Satz traf den jungen Gent Visser wie ein Schlag mit der Keule. Erst Jahre später stellte er fest, dass dieses Zitat von Heraklit stammte und eine besondere Tiefe besaß. Dafür, dass er seinen Vater damals anschnauzte und ihm die Zimmertür vor der Nase zustieß, schämte er sich heute noch.

Gent war gerade dabei, seine mittlerweile gut 90 Kilogramm von der Treppe hochzuwuchten, da spielte sein Handy „Knocking on Heaven's Door". Gent erkannte die Telefonnummer als die seines Hausarztes. Gerade diesen Umstand fand er alles andere als witzig. Trotzdem nahm er das Gespräch an.

Es meldete sich Karin, eine Mitarbeiterin des Inselarztes. „Kleinen Moment, bitte. Ich stelle zum Doktor durch."

Visser wechselte die Farbe.

EIN MALERISCHER ABEND

Wie eine große, weiche Decke breitete sich die Nacht über die Insel aus. Vorsichtig, beinahe windstill, zog sie heran, und immer noch schimmerte ein wenig Sonnenlicht über den Spülsaum an die Strände. Die Kristalle in den massigen Steinen der Deckwerke vor der *Georgshöhe* und am *Januskopf* funkelten nur noch schwach, dafür umso geheimnisvoller. In der *Milchbar*, im *Riffkieker*, bei Cornelius und im *Surfcafé* saßen die Touristen schweigend bei Kaffee und Wein. Nicht eine einzige Sekunde dieses Sonnenuntergangs, dieses einzigartigen, pittoresken Schauspiels, welches man auf Postkarten als Kitsch abtun würde, wollten sie sich entgehen lassen. Hinter den Häuserfronten erstarben unterdessen die letzten Sonnenstrahlen in den Straßenzügen Richtung Innenstadt, und wie auf Kommando leuchteten die Straßenlaternen auf, die Häuser und Gassen in ein warmes, weiches Licht tauchten.

Im Foyer des *Hotels Weißer Sand* schimmerte nur noch die Nachtlampe an der Rezeptionstheke und ein eleganter, dreiarmiger Kerzenleuchter neben dem wuchtigen, weißen Ledersessel, in dem Onno Aden saß und sich an einem Stapel

Zeitungen zu schaffen machte. Den jungen Rezeptionisten hatte er bereits nach Hause geschickt, da mit Anreisen an diesem Abend nicht mehr zu rechnen war. Aden hatte die Beine elegant übereinandergeschlagen, sodass man durch die Scheibe von draußen gut erkennen konnte, dass er immer noch seine Prada-Slipper trug, allerdings keine Socken mehr. Statt der Jeans war er nun mit einer sandfarbenen Stoffhose bekleidet, darüber hatte er ein hellblaues, kurzärmeliges Hemd angezogen. Die oberen drei Knöpfe waren geöffnet, weshalb seine dicht gewachsenen, braungrauen Brusthaare am Hals herausquollen. An der silberfarbenen Kordelkette baumelte ein Ring aus Gold.

Für einen milden, malerischen Frühsommerabend war es im Umfeld des Hotels außergewöhnlich leise. Zwar bestimmten die Touristen längst wieder den Alltag auf der Insel, doch an diesem Abend schienen sich die allermeisten um diese Zeit noch an den Stränden, in Restaurants und in den Cafés zu befinden. Zumindest die Winterstraße war wie ausgestorben. Keine Autos, keine Radfahrer; nur vereinzelte, stumme Spaziergänger. Ein wenig Vogelgezwitscher in den Bäumen und am Himmel, das leise Brummen einer Cessna, die an Norderney vorbei in nordwestlicher Richtung gen Juist in die Nacht hinein schwebte: Die Geräuschkulisse gab sich an diesem Abend geradezu befremdlich zurückhaltend.

Als er das Knacken hörte und die Lichter im Foyer erloschen, fuhr Onno Aden zusammen. Er war vertieft in einen Artikel im *Ostfriesischen Kurier*, als er das Geräusch wahrnahm und seinen Blick Richtung Eingang richtete. Er faltete die Zeitung grob zusammen und legte sie zurück auf den kleinen Beistelltisch aus Glas. In das Knistern der Zeitung mischte sich ein weiteres Geräusch, das Aden aber nicht weiter definieren konnte. Er wusste nicht, ob es aus dem Eingangsbereich stammte oder drüben vom Treppenaufgang her kam. Sein Ruf nach Paul Stiegel, dem Rezeptionisten, verhallte ungehört. Der junge Mitarbeiter schien tatsächlich bereits nach Hause gegangen zu sein. Von der Straße schimmerte nur noch der erbärmliche Lichtschein der Straßenlampe durch die breite Fensterfront. Aden erhob sich aus dem Sessel. Er spürte, wie seine Hände feucht wurden. Er hörte seinen eigenen Atem, und in diesem Moment nahm er ihn wahr wie eine Drohkulisse. Er tastete sich durch die Dunkelheit Richtung Rezeptionstheke, von dort aus waren es nur noch fünf, sechs Meter bis zum Technikraum mit dem Sicherungskasten. Vielleicht war ja nur wieder eine Sicherung rausgeflogen. Erst vor ein paar Tagen war dies passiert, als die neue Kühltheke einen Defekt hatte.

Ohrenbetäubender Lärm erfüllte das Foyer, als Aden gegen eine Blumenvase stieß, die zu Boden fiel und klirrend in tausend Einzelteile zersprang. Mit den Schuhen schob Aden, der mittlerweile an einer Stehlampe provisorischen Halt gefunden hatte, die Glassplitter zur Seite, als er ein Knistern hörte, das nicht mehr als zwei, drei Meter von ihm entfernt sein konnte. Er fragte sich, ob wohl ein Feuer ausgebrochen war, doch weil er keinen Brandgeruch wahrnehmen konnte, verwarf er diesen Gedanken rasch. Nun war sie wieder da, diese Stille, die Aden den Schweiß auf die Stirn trieb. Er riss seine Augen auf, er spürte, dass er kreidebleich sein musste. Ihm wurde plötzlich bewusst, dass er am ganzen Leib zitterte und die Gewissheit, dass er ein Flüstern wahrgenommen hatte und den Geruch frischen Körperschweißes sowie eines drittklassigen Eau de Toilettes, ließ ihn erstarren. Nur zu deutlich und bedrohlich intensiv spürte er jetzt den Atem eines Menschen am Ohr und an der Schläfe. In der gleichen Sekunde wurde er am Arm gepackt und nach hinten gerissen.

„So, mein Freund. Höchste Zeit, ein paar Dinge zu klären", stieß ihm jemand durch die Zähne wie einen Sirenenton mitten ins Gesicht. Aden fuhr erneut zusammen, er spürte, wie seine Knie nachgaben, sein Herz bis in die Schläfen pochte und ihm die Nase lief. Der Mann, der ihn gepackt hatte, schob ihn mit einem Ruck zwei Meter zurück. Dort war wenigstens wieder dieser Schimmer von der Straßenlaterne, sodass zumindest schon einmal die Konturen des Mannes sichtbar wurden, der ihn jetzt mit einem groben Rempler in den Sessel stieß. Nach einem neuerlichen Klacken im Technikraum tauchte ein zweiter

Mann vor Aden auf. Der stellte sich breitbeinig vor ihn. Aden wagte es nicht, über dessen Gürtellinie nach oben zu schauen, um die Identität der Eindringlinge festzustellen. Sein Kopf war schwer wie Blei, ihm war speiübel und er hatte alle Mühe, nicht komplett die Kontrolle über seinen Körper zu verlieren.

„Wir machen es kurz. Wir haben nicht vor, uns lange hier bei dir aufzuhalten. Wir sind woanders untergebracht. Du hast meinen Freund in der Spielbank beleidigt. Wo ist die Kohle?"

Aden brauchte ein paar Sekunden, um zu realisieren, was da vor sich ging. Er schnaufte, aus der Nase trat Sekret aus, das er zitternd mit einer vollkommen unkontrollierten Bewegung mit dem Ärmel seines Hemdes abwischte. Gleichzeitig fuhr er sich mit dem anderen Hemdsärmel über die schweißnasse Stirn.

„Was wollt ihr?", fragte er, um Zeit zu gewinnen. Er hatte noch keine rechte Ahnung, wer vor ihm stand. Zu tief saß der Schock. Schwindel befiel ihn, sein Herz hörte für einen Augenblick auf zu schlagen, dann bollerte es wieder, ungestüm und fern jeder Kontrolle. Er wusste nur, dass auch hinter seinem Sessel, in den sein Körper inzwischen regelrecht eingesunken war, ein Mann stand, der ihn permanent betrachtete – da war er sich zu hundert Prozent sicher. Er hatte das Gefühl, als würde sich dessen Blick durch Schulter, Nacken und Brust gleichzeitig in sein Hirn hineinbohren.

Endlich brachte er den Mut auf, den Kopf zu heben, während der Mann, der vor ihm stand, in die Knie ging und sie sich nun auf Augenhöhe im Halbdunkel begegneten. Er hatte diesen Mann noch nie gesehen. Außerdem konnte er nicht viel mehr als dessen kantige Konturen erkennen, außerdem die hellen, wuscheligen Augenbrauen und das extrem kurz geschnittene hellblonde, steif gegelte Haar.

„Was wollen Sie von mir?", fragte Aden, als er merkte, dass sein Gegenüber auf eine Reaktion von ihm wartete.

„Wir wollen die Kohle, die du in der Spielbank abgeräumt hast. Sonst nichts."

„Wer seid ihr?", fragte Aden nach einer Sekunde des Schweigens. Dann trat der andere endlich hervor. Er ging gleich neben dem Weißbrauigen in die Knie.

„Ich möchte mich bei dir noch einmal für die zwanzig Euro bedanken, die du mir in der Spielbank feierlich überreicht hast. Die Haarkur bei Rossmann habe ich mir noch nicht gekauft", flüsterte er Aden ins Ohr. „Vielleicht mache ich das morgen."

Aden schüttelte Schultern und Kopf und richtete sich, so gut es ging und immer noch zittrig, im Sessel auf. Er betrachtete den Mann mit den langen schwarzen Haaren und ihm wurde nun allmählich klar, wen er da vor sich hatte.

„Wo ist die Kohle?", fuhr der Weißhaarige nun wieder dazwischen und packte Aden am Unterarm.

„Ihr glaubt doch nicht ernsthaft, dass ich das Geld hier für euch bereitliege habe", riss er all seinen Mut zusammen. Aden überlegte, dass er noch mehr Zeit gewinnen musste, denn er spürte, dass seine Besucher immer nervöser wurden. „Das sind keine Profis. Tagediebe, gescheiterte Existenzen. Ich denke ja nicht daran, mich von denen einschüchtern zu lassen", dachte er, während nun der Langhaarige sprach: „Ich zähle jetzt bis drei. Dann erhebst du deinen vornehmen Arsch aus dem Sessel und führst uns dorthin, wo die Kohle liegt."

Fast übergangslos ergänzte der andere: „Und wenn du das nicht tust, dann weiß spätestens übermorgen die ganze Insel, und zwar offiziell, dass der feine Herr Hotelier in seinem früheren Leben in einem Vorort von Köln einen kleinen, aber sehr feinen Betrieb führte. Das wäre weiter nicht allzu verwerflich gewesen, wenn seine weiblichen Beschäftigten dort nicht unter Zwang und mit falschen Papieren ihrem horizontalen Gewerbe nachgegangen wären."

Dann ballte er die Faust, von der man meinen konnte, sie besitze die Größe und den Härtegrad einer mittelgroßen Bowlingkugel. Mit dieser Pranke packte er den Hotelier am Kragen. Schnaufend zog der Weißbrauige Aden an sich heran, und zwar so nah, dass sie sich mit den Nasenspitzen berührten. Aden versuchte, zurückzuweichen, doch ohne Erfolg. Er atmete tief durch, riss die Augen auf und rief „Hiiiilf". Weiter kam er nicht. Die Bowlingkugel traf ihn zunächst auf der Nase, dann an der Stirn, schließlich rechts unten am Kinn, dass es Aden aus dem Sessel katapultierte und er vor der Rezeptionstheke zur Endlage kam. Der mit der Bowlingkugel kniete sich neben den Hotelier, der aus der Nase blutete und keinen Mucks mehr von sich gab. „Morgen Abend um die gleiche Zeit werden wir dich erneut besuchen. Es wäre ratsam, wenn der Koffer mit den 50 000 Euro dann bereitstehen würde", hauchte die Bowlingkugel dem schwer atmenden Hotelier ins Ohr. Dann verschwanden die beiden Männer in der Dunkelheit der Inselnacht.

GESPRÄCHE
BEIM FRÜHSTÜCK

Als Gent Visser in das Apfelstückchen biss, das seine Frau ihm – fein geschält und mundgerecht zugeschnitten – aufs Frühstücksbrett gelegt hatte, hatte er keine Ahnung, ob er süß, süß-säuerlich oder sauer dreinblicken sollte. Er wusste die Situation am Frühstückstisch der Visserschen Küche nicht so recht einzuordnen. Normalerweise hätte er die erste Stulle mit dick aufgetragener Leberwurst oder fetttriefender Mortadella längst verputzt. Doch die Zeiten hatten sich geändert, schlagartig. Im Grunde fühlte Gent sich so gut wie lange nicht mehr, und wenn er über die neue Lebenssituation nachdachte, spürte er sogar so etwas wie Glückgefühle im Bauch. Gemessen am Volumen dieses Köperteils musste er sogar ein besonders glücklicher Mensch sein, dachte er und schmunzelte bei diesem Gedanken über sich selbst. Sicher war schon jetzt: Seinen Humor hatte er nicht verloren. Und während hinten vom kleinen Eckregal die Morgen-Nachrichten von *Radio SWS* ertönten und Gent sich wunderte, dass die Feuerwehr diese Nacht ohne Fehlalarm ausgekommen war, überlegte er, wie froh er doch sein konnte, dass er überhaupt noch hier neben seiner allerliebsten Frauke auf der Eckbank sitzen durfte.

Tatsächlich war ihm gestern der Schreck gewaltig in die Glieder gefahren, als sein Hausarzt angerufen hatte. Sein Gefühl war nämlich alles andere als gut gewesen. Nach seinem Herzkasper am Morgen nach dem Auffinden des Prügelopfers am Damenpfad hatte Dr. Oswald de Boer die Stirn tief in Falten gelegt. Gent hatte ihn, das Gesicht weiß wie eine Wand und gebeugten Hauptes, unverzüglich aufgesucht und um Hilfe gebeten. Das EKG hatte zwar keine Auffälligkeiten aufgewiesen, doch sicherheitshalber wollte de Boer es noch einmal mit einem Kollegen besprechen. Zudem hatte der Doktor ihm mindestens einen Liter Blut abgezapft, auf der Brust und auf dem Rücken herumgehämmert, als ob er ihn verprügeln wollte, und beim stundenlangen Abhören permanent dazu gezwungen, die Luft anzuhalten und langsam aus- und einzuatmen. Doch damit nicht genug: Gents Hausarzt, mit dem er vor 45 Jahren schon gemeinsam die Schulbank im altehrwürdigen Lern-Tempel an der Jann-Berghaus-Straße gedrückt hatte, beschimpfte ihn unaufhörlich und drohte ihm übelste Konsequenzen an:

„Es ist ja in Ordnung, wenn du nicht mehr rauchst. Aber wenn du nicht dafür sorgst, dass deine Wampe verschwindet, dann kippst du irgendwann kopfüber aus deinem Büro und landest mitsamt deinem dicken Bauch auf dem Onnen-Visser-Platz."

Sein Schulfreund hatte ihm außerdem Herzinfarkt, Schlaganfall, Atemnot, Impotenz und Verkalkung beziehungsweise alles gleichzeitig angedroht für den Fall, dass er jetzt nicht sofort mit einer Ernährungsumstellung und einem soliden Sportprogramm anfangen würde. Kalter Schweiß also war Gent auf die Stirn getreten, als er zu seinem Hausarzt durchgestellt wurde. Als der ihm dann eröffnete, dass auch sein Kollege der Meinung sei, dass er keinen Herzinfarkt erlitten habe und er wohl noch einmal mit einem blauen Augen davongekommen sei, musste Gent ein kleines Tränchen verdrücken – so groß war die Erleichterung ob des Befundes, der ihm eine zweite Chance gab.

Diesen Gedanken im Hinterkopf, fiel es ihm nun gleich leichter, einen kräftigen Schluck vom ungezuckerten Früchtetee zu nehmen, den Frauke gleich neben dem Teller mit den Apfelstückchen vor die kleine Keramikschale mit den Haferflocken positioniert hatte. Gent musste schlucken. Dann lächelte er sichtlich gerührt, nahm Fraukes Hand und sagte: „Ich liebe dich.“

Der Morgen hätte einen durchaus mehr als nur romantischen Verlauf nehmen können, hätte nicht Gents Handy unvermittelt Alarm geschlagen. „Help, I need somebody“ von den Beatles plärrte durch die Küche und sowohl Frauke als auch Gent wussten: Das war Neumann. Vissers Kollege, mit dem er schon seit mehr als zehn Jahren überaus vertrauensvoll zusammenarbeitete, bekam kaum einen Ton heraus. Er stotterte sich zunächst nur immer wieder einen Satzanfang zusammen, machte dann eine Sprechpause, so dass Gent stets aufs Neue ins Handy rufen musste:

„Neumann, was ist los, bist du noch da? Wo bist du überhaupt?“

Endlich bekam Neumann sich in den Griff: „Gent, du musst sofort kommen. Es ist etwas Schreckliches passiert.“

„Wo bist du?“

„Auf dem *Januskopf*.“

„Wo auf dem *Januskopf*?“

„Auf der Minigolfanlage.“

„Was ist denn passiert, Neumann? Los, sprich!“

Dann knisterte es in der Leitung. Das Gespräch war beendet. Gent stand vom Frühstückstisch auf, nahm noch einen Schluck Tee und drückte seiner Frauke einen Kuss auf die Wange. Dann schwang er sich aufs Rad und strampelte los.

Lübbert und Winnetou hatten die Nacht gemeinsam in Winnetous Hotelzimmer verbracht. Es war ihnen problemlos gelungen, Lübbert am Abend dort einzuschleusen. Geld für eine eigene Übernachtung hätte er ohnehin nicht mehr besessen. Und da Lübbert ja irgendwo bleiben musste, zumal die letzte Fähre die Insel schon längst verlassen hatte, blieb ihnen nichts anders übrig, als auf diese Lösung zurückzugreifen.

Der Livrierte am Empfang war gerade mit einer Kollegin anderweitig beschäftigt, als sie den günstigen Moment nutzten, um an der Rezeption vorbeizuhuschen. Geschlafen hatten sie allerdings kaum. Besonders Lübbert steckte die Nacht noch in den Knochen. Einmal abgesehen davon, dass sie von ihrem Auftritt bei Onno Aden noch gewaltig aufgedreht waren und die Lage bis tief in die Nacht beraten hatten, musste Lübbert im Sessel schlafen. Der war zwar weich und bequem, aber immer wieder wachte er auf, weil er sich wegen seines steifen Nackens schütteln und dehnen musste.

Nun saßen sie am Westbadestrand. Dort war am frühen Morgen noch nichts los, die Touristen schliefen noch oder aber sie saßen gemütlich in ihren Hotels, Pensionen oder Ferienwohnungen beim Frühstück. So wie Lübbert und Winnetou in einem Strandkorb, und dies an einem ebenso kraftvollen wie verheißungsvollen Morgen in einem kleinen Urlaubsparadies. Besser konnte es nicht sein.

Lübbert hatte das Hotel bereits um kurz nach sieben Uhr verlassen, ohne nach links oder rechts zu schauen. Bloß nicht auffallen, keine unnötigen Fragen beantworten müssen, lautete die Devise. Winnetou war unterdessen guten Mutes zum Frühstücksbuffet geeilt. Dort schaufelte er seinen Teller randvoll, schmierte sich zum Schein ein Brötchen, in das er drei, viermal biss, während er – noch allein im Frühstücksraum – fünf weitere Brötchen, vier Scheiben Brot, einen Packen Butterkäse von der gefühlten Dicke eines Ziegelsteins und eine ebenso große Menge Aufschnitt in den Jackentaschen verschwinden ließ. Dann nahm er zwei Servietten. Mit diesen wickelte er den aufgeschnittenen Camembert ein, den er in die linke Hosentasche schob. In die rechte ließ er zwei Frühstückseier rutschen. Das fand er angenehm warm.

„Hast du kein Salz dabei?", fragte Lübbert, als sie gemeinsam im Strandkorb saßen und er sein Ei pellte.

„Sonst noch einen Wunsch? Ich setze mein Leben aufs Spiel, nur damit du zu einem vernünftigen Frühstück kommst, und dann hat der feine Herr auch noch Extrawünsche".

„War ja nicht so gemeint", gab Lübbert mit reichlich vollem Mund zurück. Winnetou nahm sein mittlerweile drittes Brötchen in die Hände und brach es mit den Daumen auf. Dann stopfte er drei Scheiben Butterkäse zwischen die Hälften und drückte diese mit den Handflächen zusammen. Im *Inselhotel König* hätte das aus dem herzhaften Biss resultierende Geräusch alle Gäste im Frühstückraum aufhorchen lassen. Doch hier am Strand ging das Knacken, Malmen und Bersten unter im Tosen der Brandung, die angesichts des auflaufenden Wassers immer lebhafter wurde. Winnetou aß sein Brötchen ungeachtet der nun auch immer stärker werdenden Böen weiter, während sein Blick mit zur Hälfte zugekniffenen Augen nachdenklich über die Wellen strich. Auch Lübbert schwieg. Er hatte sich über den Camembert hergemacht, den er mit spitzen Fingern aus der Serviette pulte und sich jenseits aller gängigen Benimmregeln und ohne zu zögern in den Mund stopfte.

„Ich glaube immer noch, dass wir gestern Abend eine Spur zu brutal vorgegangen sind", sagte Winnetou, als er den letzten Bissen verdrückt hatte.

„Sei nicht so ängstlich, Häuptling. Was glaubst du, wie oft der in seinem Etablissement in Köln schon ne Abreibung bekommen hat. Der ist Schläge gewöhnt."

Winnetou schaute fragend und verzog den Mund.

„Glaub mir, Apache. Der kann nicht nur austeilen, der kann auch einstecken. Das war eine gute Warnung gestern Abend. Der arrogante Sack weiß jetzt, wie meine Fäuste riechen."

Winnetou stützte den Kopf in beide Hände. Irgendetwas stimmte nicht mit ihm. Irgendetwas bedrückte ihn heute Morgen. Lübbert spürte das. Er wusste zunächst nicht, wie er reagieren sollte. Dann legte er den Arm über Winnetous Schultern, schüttelte ihn sanft und hielt einen Augenblick inne. Dann hob er wieder an: „Kannst mir wirklich glauben.

Das Geschäft läuft so. Heute Abend nach Sonnenuntergang gehen wir zu ihm hin. Der wird keine Faxen machen. Ich bin sicher, dass er uns einen Umschlag – vermutlich sogar aus Büttenpapier – mit der Kohle drin überreichen wird – und vergessen ist die ganze Sache für ihn. Glaubst du, der möchte einen Skandal? Wenn wir rausposaunen, was der früher getrieben hat, dann ist der hier durch. Das hier ist eine Insel. Ein Bierdeckel. Hier kennt jeder jeden. Der kriegt hier kein Bein mehr auf den Grund. Die jagen den mit der nächsten Fähre aufs Festland."

Lübbert sah Winnetou genau an, dass es ihm kaum gelang, ihn zu überzeugen. War es das schlechte Gewissen, das den Häuptling in die Depression trieb?, überlegte Lübbert und unternahm einen weiteren Versuch: „Hey, Junge. Jetzt nicht aufgeben. Wir sind fast am Ziel."

Winnetou nahm einen kräftigen Zug an der Zigarette. Der Wind blies ihm ein paar Papier- und Tabakfunken ins Gesicht. Er wischte sich mit den Handrücken über die Wange und verzog das Gesicht zur Fratze.

„Wenn ich dieses elende Straßenmusikantendasein nicht so leid wäre, dann würde ich jetzt hier die Fliege machen und mich wieder gemütlich in die Auricher Fußgängerzone setzen. Ich weiß einfach nicht, wie ich wieder auf die Beine kommen soll."

„Ich weiß nicht, was du meinst", brummte Lübbert, der sich nun ebenfalls eine Zigarette anzündete.

Winnetou senkte die Stimme, so dass Lübbert nahe an ihn heranrücken musste, um ihn zu verstehen. „Mit 25 000 Euro komme ich weit. Dieses Geld würde mir die Möglichkeit geben, von vorn anzufangen, mich komplett neu aufzustellen. Noch ist es früh genug. Ich möchte endlich meine Kinder sehen. Sie haben sie mir damals weggenommen. Ich hatte keine Chance. Nun sind sie nahezu erwachsen. Ich bringe es nicht übers Herz, ihnen so, wie ich jetzt bin, wie ich existiere, besser gesagt – vegetiere, gegenüberzutreten."

Lübbert schwieg. Nun blickte auch er hinaus aufs Meer. Die junge Joggerin, die am Spülsaum entlang Richtung Hafen lief, nahm er nicht wirklich wahr. Er schien geistig komplett abwesend zu sein. Dann strich er sich mit der Hand über die unrasierte Wange und schaute Winnetou an, der sich in die äußerste Ecke des Strandkorbs gekauert hatte. Seine Augen waren geschlossen, der Wind ließ seine Haare immer wieder nervös gegen den Bezug des Strandkorbs flattern. Mit dem Daumen strich er sich eine Träne aus dem Gesicht.

Dann legte Lübbert Winnetou die rechte Pranke aufs Knie und sagte: „Bald ist alles gut, bald kannst du deine Kinder sehen. Ich verspreche es dir."

DIE ACHTZEHNTE BAHN

Völlig außer Puste erreichte Visser den Januskopf. Die letzten hundert Meter hatte er sein Rad gegen den Wind durch die aufsteigende, immer schmaler werdende Mündung der Knyphausenstraße schieben müssen. Sein Hals brannte, sein Herz schlug fest, aber rhythmisch. Das beruhigte ihn. Ansonsten war er froh, dass es noch so früh am Tag war. Um kurz vor Acht verirrten sich nur wenige Touristen auf den Januskopf. In einer oder zwei Stunden wird hier allerdings Hochbetrieb herrschen, wir müssen also Gas geben, überlegte Visser.

Am Eingang des Minigolfplatzes empfing ihn sein Kollege Neumann. Er war mit dem blau-silbernen Dienstwagen über die obere Promenade zum Tatort gefahren. Seine Dienstmütze hatte er aufgrund des ungestümen Wetters im Auto liegen gelassen. Seine dünnen, braunen Haare wirbelten durch die Luft. Er drückte das Absperrband zum Minigolfplatz mit dem Unterarm hoch, damit Visser ungehindert eintreten konnte. Neumann zeigte nach links und sagte: „Das ist Bahn achtzehn."

„Das sehe ich", hechelte Visser.

„Die spielt man normalerweise mit einem Schlag. Zwei kleine Rampen und am Ende der Kübel mit Sand. Wenn man nicht zu fest schlägt, schafft man das."

Visser schaute Neumann von der Seite an und schüttelte verständnislos den Kopf. Immer noch ein wenig außer Atem, sagte er: „Und weil da jetzt ein Toter der Länge nach auf dem Hindernis liegt, braucht man zwei oder drei Schläge."

Neumann senkte den Kopf und schwieg. Als Visser endlich in der Lage war, sich nach dem Toten zu bücken, zog Neumann das Tuch von der Leiche. Visser war zuvor, nachdem er den Reißverschluss seiner Lederjacke geöffnet hatte, in die Hocke gegangen. Ekel und Abscheu signalisierend zog er den Kopf zunächst ein wenig zurück, dann ging sein Atem wieder ganz normal. „Onno Aden. Wer hätte gedacht, dass der einmal eines unnatürlichen Todes sterben würde?"

„Ich", rief Neumann von der Seite. Da er an Gents Blick erkannte, dass ihm ein neuerlicher Fauxpas unterlaufen war, räusperte er sich und trat einen Schritt zurück.

„Wer hat ihn gefunden?", wollte Gent wissen.

„Ein Jogger. Einer aus der Kurklinik."

„Wo ist der jetzt?"

„Er sitzt auf der Wache. Die Jungs von Promedica sind bei ihm. Die mussten ihm eine Spritze geben. Die Aufregung."

„Was hat der denn auf dem Minigolfplatz gemacht? Wenn man hier vorbeiläuft, kann man diese Bahn gar nicht einsehen. Das ist unmöglich. Es sei denn, der joggende Kurgast misst mehr als zwei Meter."

„Das habe ich ihn auch gefragt."

Gent hob jetzt die Stimme. Am liebsten hätte er seinen Kollegen an den Haaren durch den vom Wind gepeitschten Strandhafer gezogen – so ging der ihm mittlerweile auf den Zeiger.

„Und was hat er gesagt? Verdammt! Muss ich dir denn heute wirklich die Rosinen einzeln aus der Nase ziehen?"

„Er musste mal. Du weißt schon. Für kleine Jungs."

Gent verzog den Mund und hob eine Augenbraue zum Zeichen seiner Belustigung.

Neumann blieb todernst: „Na ja, der Herr Weiland ist nicht mehr der Jüngste. Auch schon über Sechzig."

„Also so in deinem Alter", stöhnte Gent. Dann wuchtete er seinen Körper wieder nach oben, indem er sich mit der geballten Faust am Boden abstieß und in Richtung Neumann sagte: „Wahrscheinlich hast du dann die Gelegenheit beim Schopfe gefasst, um dich mit dem Herrn Leichenfinder gründlich über das Thema streikende Prostata bei Männern Anfang Sechzig unter Berücksichtigung des Klimawandels im Weltnaturerbe Wattenmeer auszutauschen?"

Neumanns Blick ging ins Leere. Er schaute nun drein, als habe er sich fest vorgenommen, das Denken komplett einzustellen.

KAPITEL III

INSEL UNTER SCHOCK

Die Nachricht vom Tod des Norderneyer Hoteliers Onno Aden hatte sich auf der Insel in Windeseile herumgesprochen. Schwer zu sagen, wo die undichte Stelle war; aber man musste davon ausgehen, dass die wüsten Gerüchte ihren Ursprung im Umfeld des Bestatters nahmen. Natürlich hatte die Polizei zunächst einmal eine Nachrichtensperre verhängt. Insofern stießen die Medienvertreter der Insel mit ihren Anfragen auf Granit. Nicht nur die Wache auf Norderney machte dicht; auch die offizielle Pressestelle der Polizeiinspektion in Aurich rührte Beton an.

Jedenfalls legte sich eine spürbare Unruhe über Norderney, die sich unter anderem darin äußerte, dass – deutlich häufiger als sonst – kleine Gruppen zusammenstanden und Informationen hinter vorgehaltener Hand die Runde machten. Die Bewohner der Insel schienen zusammenzurücken. Die Menschen redeten lange und intensiv miteinander und den Gesichtsausdrücken war unmissverständlich zu entnehmen, dass es hier um eine ernste, um eine bedrohliche, wenn nicht gar um eine todernste Sache ging. Von einer Stimmung dieser

Art war Norderney zuletzt vor gut zwei Jahren in Beschlag genommen worden, als im Ruppertsburger Wäldchen spielende Kinder eine steif gefrorene Leiche gefunden hatten. Ein in die Jahre gekommener Kellner war ermordet worden. Auch damals ging die Angst um. Ist der Mörder noch auf der Insel? Sucht er schon nach seinem nächsten Opfer? Sind die Fähren noch sicher, alle Türen verschlossen? Diese und noch viel mehr Fragen dieser Art stellten die Insulaner an jenen Tagen an jeder Straßenecke und jeder Ladentheke.

Den inzwischen reichlich vorhandenen Feriengästen fiel die veränderte Seelenlage der Insulaner nicht auf. Besonders die frisch angereisten Gäste nahmen von den sorgenvollen Blicken keine Kenntnis. Sie freuten sich auf ihren Urlaub, und gerade jene, die zum ersten Mal nach Norderney kamen, verbanden mit dem Begriff Insel vom Grundsatz her ohnehin nichts anderes als Stille, Unberührtheit und Wohlbehagen. Und diejenigen, die die Ursachen ihrer Zivilsationsdepression im Keim zu ersticken suchten, erkannten das Absolute im Wesen des Eilands in der Heilkraft der Ereignislosigkeit. In den Köpfen der Besucher vom Festland war damit ein von der Schöpfung großartig wie mystisch dargebotenes Naturwerk verankert. Die Tatsache, dass der insularen Tadellosigkeit nun plötzlich ein Makel anhaftete, vergrub sich in so manch Norderneyer Seele wie ein Geschwür.

Von der Schockstarre der Insel blieben auch Winnetou und Lübbert zunächst unberührt. Winnetou wollte den vorletzten Tag seines Gewinn-Urlaubs am Strand und in diversen Cafés sowie Fahrrad fahrend verbringen. Immerhin besaß er noch so viel Taschengeld, dass er davon heute und morgen sich selbst und auch Lübbert irgendwie durchbringen konnte. Außerdem war er mittlerweile überzeugt davon, dass der Hotelier nach der Abreibung vom Vorabend einknicken und ihnen heute Abend den Koffer mit den 50 000 Euro übergeben würde. Sie saßen auf einer Bank zwischen Bülowallee und Kurplatz. Von hier hatte man einen hervorragenden Blick auf das Inselzentrum. Die Vorderseite des *Conversationshauses* lag noch im Schatten, doch die Sonne wärmte bereits den Rasen und die Rathausfassade, als das Budapester Salonorchester in der Konzertmuschel Straussens „Kaiserwalzer" anstimmte. In die Poststraße bogen gleichzeitig gleich zwei Polizeiwagen im Schritttempo ein. Wenige Sekunden später setzte das Knattern eines Hubschraubers dem Spiel der tapferen Musiker ein jähes Ende. Aber nur scheinbar. Die Tonkünstler vom Balkan fiedelten und bliesen munter weiter, stemmten sich mit musikalischem Trotz gegen das Höllenspektakel vom Himmel, bis der Helikopter Richtung Westbadestrand abdrehte. Die Budapester spielten noch frisch und fröhlich, als der Beifall der Kur- und Badegäste bereits etliche Takte vor dem Walzerfinale zu einer akustischen Demonstration der Anerkennung und des allgemeinen Verzückens anschwoll. Auch Winnetou spendete den Kollegen Applaus, obwohl Walzermusik das von ihm bevorzugte Genre nicht einmal streifte. Lübbert schüttelte verständnislos mit dem Kopf, obgleich man den Akteuren in der Konzertmuschel ansah, dass sie die musikalische Auseinandersetzung mit dem Hubschrauber arg mitgenommen hatte. Sorgenvolle Blicke blitzten gen Himmel, bevor das Ensemble einen neuen Anlauf nahm und es dieses Mal mit Robert Stolz probierte: „Im Prater blüh'n wieder die Bäume" klang es nun über den Kurplatz hinweg, während sich eine mondäne Stille formierte, die je nach touristischer Zielgruppe zwischen aufrichtig verträumt und aufgeregt verständnislos schwankte.

Lübbert zögerte mit einem klaren „Ja" keine Sekunde, als Winnetou ihn fragte, ob er nicht mit ihm gemeinsam den Standort wechseln wolle.

„Lass uns mal wieder rüber zum Westbadestrand gehen. Dort scheint einiges los zu sein", sagte Winnetou. „Aber vorher gehe ich noch ins Hotel und hole meine Klampfe."

„Gute Idee", sagte Lübbert und ergänzte: „Vielleicht kriege ich diesen Walzer dann endlich aus den Ohren. Wenn ich nämlich jetzt nicht bald andere Musik zu hören kriege, dann verfolgt mich dieser Geigenterror noch mindestens drei bis vier Tage."

ZWISCHEN MUSKELN
UND HAUTE COUTURE

Die kurzgeschnittenen kupferroten Haare ließen die Frau streng erscheinen, fast unnahbar. Auf den Lippen funkelte das auf die Haarfarbe abgestimmte, üppig aufgetragene Lipgloss. Der Küchentisch stand direkt vor der außergewöhnlich breiten Fensterfront, das Silberbesteck darauf reflektierte die einfallenden Sonnenstrahlen. Auf dem Tisch befanden sich die Reste des Frühstücks: zwei zusammengerollte Scheiben Kochschinken, Butterkäse, Brötchenkrümel, Marmelade und Eierschalen auf weißer und bordeauxroter Tischdecke. Sie saß auf einem Designerstuhl, dessen Beine der Künstler in mattem Stahl kreiert hatte und dessen lederner Sitz in Altrosa ebenso exquisit wie gewöhnungsbedürftig wirkte. Ihre eigenen Beine hatte die Mittvierzigerin übereinandergeschlagen. Sie trug einen kurzen, anthrazitfarbenen Rock mit silbern schimmernden Nadelstreifen, dazu schlichte, jedoch extrem hochhackige schwarze Wildlederpumps. Ihre cremefarbene Bluse aus Seide war im Dekolleté großzügig geschnitten.

Vor ihr stand ein Kaffeebecher. Er war bis zum Rand gefüllt. Sie rauchte. Gent Visser war aufgefallen, dass die Witwe von Onno Aden makellos geschminkt war. Sie schaute klar aus den Augen, wenngleich sie den Blick gesenkt hatte und dieser dabei ins Leere ging. Sie schien unter Schock zu stehen. Offenbar war sie nicht einmal in der Lage zu weinen. Andererseits wunderte sich Visser, dass sie die Ruhe besessen hatte, sich an einem solch brutal daherkommenden Morgen derart aufgedonnert zu präsentieren.

Die Nachricht vom plötzlichen Tod ihres Mannes hatte sie schließlich erst vor rund drei Stunden erhalten. Unmittelbar nach der ersten Spurensicherung musste Neumann sie aus dem Bett klingeln. Sie hatte die Nachricht schweigend zur Kenntnis genommen, den Atem kurz angehalten und den Kollegen dann in regelrecht geschäftsmäßiger Art und Weise gebeten, unten auf der Hotel-Veranda Platz zu nehmen, bis sie für den Tag gerichtet sei. Da Neumann rauchen wollte, wartete er draußen vor der Eingangstür, während sie ihre Morgentoilette vornahm und frühstückte. Offenbar allein. Kein Mensch hatte – zumindest während dieser Zeit – das Haus betreten; kein Verwandter, kein Freund, kein Gast.

Während Neumann draußen vor dem Hotel wartete, tat Visser das, was er tun musste: Er informierte die Polizeiinspektion in Aurich, woraufhin sich auf der Stelle sechs Beamte in Zivil in einem Mannschaftsbus auf den Weg nach Norderney machten. Die Leitung übernahm Hauptkommissar Carlo Faust, Kraftsportler, Faustballer, Dauerläufer, Dreitagebartträger und zehn Jahre jünger als Visser. Visser kannte ihn. Seit vielen Jahren. Doch immer, wenn die Rede auf Faust kam, wechselte Visser das Thema; manchmal sogar die Gesichtsfarbe.

Faust hatte nicht im Traum daran gedacht, gemeinsam mit den Kollegen im Mannschaftsbus anzureisen. Er schwebte bereits nach knapp einer Stunde mit dem Hubschrauber ein. Er ließ sich vom Piloten auf dem freien Gelände vor *Riffkieker* und *Surfcafé* absetzen. Von dort aus waren es nur ein paar Schritte bis zum Fundort der Leiche. Man gönnt sich ja sonst nichts, dachte Visser, als er den vorgesetzten Kollegen in Empfang nahm und ihm eine Schnelleinweisung gab. Nachdem Faust sich ein Bild von der Lage gemacht hatte, trat er vom Minigolfplatz vor das Absperrband. Dann öffnete er den Reißverschluss seiner Bomberjacke, schob die Brust vor und stemmte die Hände in die Hüften, so dass der Jackenbund von den Daumen am Rücken festgehalten wurde. Niemandem, der diese Stelle passierte, sollte der Anblick seiner Smith & Wesson verborgen bleiben.

Juliane Aden nahm das Eintreten von Visser und Faust regungslos zur Kenntnis. Ihre gepflegten, aber ungewöhnlich kräftigen Hände klammerte sie um den Kaffeebecher; so, als wäre ihr kalt.

„Dürfen wir uns setzen?", fragte Visser. Sie schaute kurz auf und nickte. Visser setzte sich – ehe sie eine Antwort geben konnte – an das andere Kopfende des Tisches. Faust schnappte sich einen Stuhl an der Lehne, drehte ihn mit einer Hand und mit nahezu zirzensischer Leichtigkeit und nahm rittlings darauf Platz.

„Es tut uns sehr leid, was passiert ist. Aber ich muss Ihnen ein paar Fragen stellen", sagte Faust, der seine Stimme gesenkt hatte. Juliane Aden putzte sich die Nase.

„Wer sind Sie überhaupt? Gent, kannst du mir den Herrn nicht einmal vorstellen? Ich finde es reichlich unhöflich, wie Ihr hier mit mir umgeht."

Erneut schnäuzte sich die Frau und strich sich mit der anderen Hand gleichzeitig durch das steif gewachste Haar.

„Ich möchte jetzt nicht mit fremden Menschen reden." Dann drehte sich Juliane Aden ab und schaute aus dem Fenster auf die gegenüberliegende Häuserfront.

Gent atmete tief durch, bevor er mit extrem leiser Stimme sagte: „Juliane, entschuldige bitte. Dies hier ist Hauptkommissar Carlo Faust, Chef der Mordkommission in Aurich. Er wird die Ermittlungen hier auf der Insel offiziell leiten. Er ist erst vor einer halben Stunde eingetroffen."

Die Frau setzte sich wieder in die alte Position, nahm einen Schluck Kaffee und zündete sich erneut eine Zigarette an.

„Also bringen wir es hinter uns", sagte sie und schaute die beiden Männer an. Faust schien ihr zu gefallen. Offenbar war es sein muskulöser Körper, der ihre Blicke deutlich länger auf ihm ruhen ließen als auf Visser. Faust tat so, als müsse er seine Pistole im Holster richten. Sein Blick traf Visser, dann die Frau. Trotz der Ernsthaftigkeit der Lage schien er den Moment zu genießen.

„Nun, was wollen Sie von mir wissen?", fragte Juliane Aden endlich.

„Wann hast du Onno zuletzt gesehen? Lebend?" Als er diese Frage stellte, senkte Visser den Blick. Immerhin kannte er sowohl Onno als auch seine Frau praktisch von Kindesbeinen an. Und jetzt eine solche Vernehmung. Das war nicht einfach, das war ihm von Beginn an klar. Einerseits ärgerte er sich, dass Faust in diesem Moment die Initiative nicht übernahm, andererseits wollte er sich von dem Kollegen vom Festland auf der eigenen Insel auch nicht vorführen und zum Provinzaffen degradieren lassen.

„Mach dir keine Umstände", antwortete Juliane Aden forsch. Sie merkte, dass Visser die Sache ein wenig peinlich war. Dann fuhr sie fort: „Wir haben uns am späten Nachmittag zuletzt gesehen. Er kam aus der Stadt zurück. Er hatte einen Geschäftsfreund getroffen. Wir sind quasi aneinander vorbeigelaufen. Ich verließ gerade das Haus, als er ankam."

„Hat er irgendwas gesagt? War er anders als sonst?"

„Nein, keineswegs. Er roch nach Alkohol und Zigaretten. Aber er war nicht betrunken. Er kam mir auch nicht gehetzt vor. So wie immer. Er wusste, dass ich meinen Sauna-Abend hatte. Er wünschte mir viel Spaß."

Jetzt endlich schaltete sich Faust ein: „Frau Aden. Hatte ihr Mann gestern Abend etwas vor? Wollte er jemanden treffen? Zum Skat, auf ein Bier oder zu einer geschäftlichen Unterredung vielleicht?"

Die Frau richtete sich im Stuhl auf und zupfte sich den einige Zentimeter höher gerutschten Rock zurecht. „Nein. So viel ich weiß, hatte er nichts Konkretes vor. Als ich nach Hause kam, war er allerdings nicht mehr im Haus. Weder unten im Hotelfoyer noch hier oben in der Wohnung. Ich legte mich hin und schlief sofort ein."

„Wie spät war das?"

„Halb zwölf."

Gent Visser erhob sich vom Stuhl. Für einige Sekunden herrschte Schweigen. Er ging langsam Richtung Küchenzeile, drehte sich nach drei, vier Schritten wieder um und streckte sich. „Juliane, mit wem hatte Onno hier im Haus denn zuletzt Kontakt? Mit wem hast du heute Morgen schon über die Sache gesprochen?"

„Ich weiß, dass er das Personal normalerweise immer nach Hause schickt, wenn es ruhig im Haus ist. Gestern war so ein Tag. Im Hotel, also in seinem Personalzimmer, war aber höchst wahrscheinlich der Hausmeister. Herr Breuer. Arno Breuer. Vielleicht hat er ihn noch gesehen oder etwas mitbekommen. Er verlässt selten…"

Während Juliane Aden sprach, klopfte es an der Tür. Visser und Faust schauten sich an, dann ging ihr Blick wie auf Kommando Richtung Hoteliers-Gattin. Diese musste den Gast allerdings nicht erst groß hereinbitten. Zwar etwas zögerlich, doch in einem Zuge öffnete sich die Tür.

„Mein Name ist Breuer. Entschuldigen Sie bitte die Störung."

„Wenn man vom Teufel spricht", funkte Faust dazwischen und drehte sich samt Stuhl frontal Richtung Breuer.

„Was wollen Sie?", fragte Juliane Aden. Visser verschränkte die Arme vor der Brust und ließ die Szenerie auf sich wirken. Durch das Eintreten in die Privatküche der Adens war von der Hotelküche her über das Treppenhaus Kochdunst aufgestiegen. Visser gefiel der Geruch, obwohl er nicht wusste, was er da gerade schnupperte. Faust schien das nicht wahrzunehmen. Er machte einen äußerst entschlossenen Eindruck. Mit zwei gezielten Handbewegungen befahl er Breuer, die Tür zu schließen und näher an den Tisch heranzukommen. Dann zeigte er auf den vierten und damit letzten freien Stuhl am Tisch.

„Okay, Herr Breuer. Sie sind der Hausmeister hier in diesem Hotel?" Bevor der die Frage beantworten konnte, fuhr

Faust fort: „Haben Sie Herrn Aden gestern Abend gesehen? Beziehungsweise wann haben Sie ihn zuletzt gesehen?"

Breuer kratzte sich an der Stirn, dass sich dort sofort rote Streifen bildeten. Dann rückte er seinen wuchtigen Körper, der von einer Hilfiger-Jeans und einem T-Shirt von Sor bedeckt wurde, gegen die Rückenlehne.

„Nein, ich habe ihn nicht gesehen."

„Was wollen Sie denn eigentlich hier? Sie platzen mitten in die Vernehmung von Frau Aden", rief Faust dem Hausmeister zu.

„Man hat mir gesagt, dass Sie hier sind. Ich bin gekommen, um eine Aussage zu machen."

Noch bevor Faust etwas sagen konnte, griff Visser wieder ein. In ruhigem Ton, fast flüsternd, ging er auf Breuer zu, während er die Augen für eine Sekunde schloss und damit Besonnenheit und Vernunft regelrecht heraufbeschwor: „Okay, Herr Breuer. Reden Sie. Sagen Sie uns alles, was Sie wissen, damit wir in diesem Mordfall rasch zu einem Ergebnis kommen."

Breuer verdrehte kurz die Augen, dann füllte er den voluminösen Brustkorb mit Luft und hob an: „Ich habe Herrn Aden gestern Abend nicht gesehen. Mir sind allerdings zwei Männer aufgefallen, die das Hotel durch den Haupteingang verließen, als ich vom Fitnessstudio zurückkam. Einer hatte lange, schwarze Haare. Er war ein wenig untersetzt, aber auch groß. Der andere war dünn und lang. Sicher 1,90 Meter. Ganz helle, kurze Haare."

„Was war daran so besonders?", wollte Visser wissen und horchte auf.

„Das waren im Leben keine Gäste. Ich will nicht sagen, dass sie ungepflegt waren. Aber nichts für ein Hotel. Das konnte man schon an der Kleidung sehen. Außerdem waren sie nervös. Irgendwie aufgeregt."

Jetzt war Faust wieder an der Reihe, während Juliane Aden mit angefeuchteten Fingerkuppen Brötchenkrümel vom Tisch aufnahm und mit spitzer Zunge ableckte. Als er das sah, hielt Faust kurz inne. Er starrte die Frau an. Seine Wangen röteten sich und er musste schlucken. Endlich bekam er sich wieder in den Griff: „Das müssen Sie uns näher erklären."

„Der eine, der lange mit den kurzen, weißen Haaren, hat so etwas gesagt wie: ‚Das hat gesessen, der ist nun weich'. Daraufhin sagte der Langhaarige, dass ihm die Sache unheimlich sei. Er hasse alles, was mit Gewalt zu tun habe. Die waren so aufgeregt. Die haben gar nicht wahrgenommen, dass ich ins Hotel hineingegangen bin und ihnen zuhören konnte."

„Und dann? Was war dann?", fragte Faust.

„Wie gesagt. Dann bin ich ins Hotel. Dort ist mir aber nichts aufgefallen. Außerdem habe ich nicht im Entferntesten daran gedacht, dass irgendetwas Schlimmes passiert sein könnte, das uns hier in irgendeiner Weise betrifft. Ich hatte ja keine Ahnung."

Faust hatte scheinbar für den Moment keine Frage mehr. Er schwieg. Sein Blick fiel stattdessen zunächst auf Juliane Aden, deren Hände mittlerweile auf ihren Knien ruhten, dann schaute er aus dem Fenster. Auf dem Balkongeländer war gerade eine Silbermöwe gelandet, deren vorwurfsvoller Gesichtsausdruck regelrecht beängstigend wirkte.

Nach einigen Sekunden brach Gent Visser das Schweigen: „Wir können natürlich nicht wissen, ob die beiden wirklich etwas mit dem Tod von Onno Aden zu tun haben. Aber ihre Aussage ist für uns selbstverständlich ein äußerst wichtiger Ansatz."

„So", fuhr Faust nun wieder dazwischen. „Und nun, Herr Breuer, beschreiben Sie uns die beiden Herrschaften doch einmal ganz genau."

Juliane Aden stand auf. Wieder zupfte sie sich ihren Rock gerade. Dann stöckelte sie Richtung Tür.

„Mich brauchen Sie im Moment ja wohl nicht, hauchte sie und blickte sich zu Faust um. Der hatte seinerseits erhebliche Mühe, die Augen vom Gesäß der Hotel-Chefin zu nehmen.

„Gehen Sie nur", stammelte er. „Sie hören von uns."

In Höhe der Alten Teestube saßen Winnetou und Lübbert am Nachmittag auf einer Bank. Sie schauten auf die Nordsee, die selten derart leidenschaftslos dahinplätscherte, und rauchten eine Zigarette. Der ganz in Blau gekleidete Mann mit dem blauen Fahrrad und den prall gefüllten Satteltaschen fiel ihnen gleich auf.

„Extrablatt", rief der ältere Herr mit den grauen Schläfen und dem am Schirm leicht abgewetzten Basecap. „Mord auf Norderney. Hotelier brutal erschlagen", rief er, schon ein wenig heiser, und zog damit alle Aufmerksamkeit auf sich.

Winnetou sprang auf, rannte auf den Zeitungsboten zu, riss ihm ein Extrablatt vom Armstapel und drückte ihm einen Euro in die Hand. Dann lief er zurück zur Bank, von der Lübbert sich inzwischen erhoben hatte. Er schaute ihm höchst irritiert entgegen. Die Stirn in Falten und mit zittrigen Händen nahm Winnetou das Blatt in beide Hände. Lübbert blickte ihm über die Schulter. Es war eine zweiseitige Extra-Ausgabe der *Norderneyer Badezeitung* in DIN-A 4. Gleich unter dem Titelkopf zeigte es eine in Farbe gedruckte Außenansicht des *Hotels Weißer Sand* an der Winterstraße. Darunter titel te das Lokalblatt in dicken Lettern: „Mord auf Norderney. Auf der Insel geht die Angst um". Lübbert raunzte Winnetou ins Ohr: „Lies vor. Steht bestimmt nur Quatsch drin."

„Halt's Maul", entgegnete Winnetou und hob an zu lesen, als ein Windstoß ihm das Papier aus der Hand riss. Es segelte stadteinwärts direkt Richtung *Alte Teestube*. Winnetou rannte hinterher, kurz vor der Terrasse geriet er ins Straucheln, bekam Übergewicht nach vorn und fiel der Länge nach auf den Bauch. Ein glatzköpfiger, muskulöser Mann mit strengem Blick, der das Lokal soeben verlassen hatte, lief Winnetou entgegen und half ihm auf. Winnetou schüttelte sich kurz, bedankte sich und humpelte zurück zur Bank. Dort wartete Lübbert auf ihn, der das Extrablatt in der Zwischenzeit vom Boden aufgehoben hatte.

„Geht's wieder?", fragte Lübbert, als sie nebeneinander auf der Bank Platz genommen hatten und beide das ungute Gefühl beschlich, von ausnahmslos allen Spaziergängern auf der Promenade beobachtet und belächelt zu werden. „Lies endlich", antwortete Winnetou mit gequälter Stimme.

Mord auf Norderney
Auf der Insel geht die Angst um

Norderney/KML – Ein heimtückischer Mordfall erschüttert die Insel. Nach Informationen der Norderneyer Badezeitung wurde in der vergangenen Nacht der 41-jährige Hotelier Onno Aden ermordet. Der Chef des Hotels „Weißer Sand" wurde am frühen Morgen von einem Jogger auf dem Mini-golfplatz am Riffkieker tot aufgefunden. Die Polizei wollte diese Nachricht weder bestätigen noch dementieren. Wie es allerdings aus für gewöhnlich gut unterrichteten Feuer-wehrkreisen verlautet, ist Aden erschlagen worden. Darauf würden schwere Kopfverletzungen hinweisen. Die Polizei hat für den Nachmittag eine Pressekonferenz im Weißen Saal des Conversationshauses anberaumt.

Unterdessen geht auf der Insel die Angst um. Viele Bewoh-ner und Gäste fragen sich, ob der Täter sich noch auf Nor-derney aufhält oder ob es ihm gelungen ist, von der Insel zu flüchten. Hafen und Flugplatz sind inzwischen hermetisch abgeriegelt. Weitere Informationen und Hintergründe mor-gen in der NBZ.

„Da haben wir den Salat." Winnetou war außer sich.

„Ich habe doch gesagt, dass du zu fest zugeschlagen hast. Du Idiot! Jetzt haben wir nichts. Kein Geld, kein ruhiges Leben. Im Gegenteil, wir gehen in den Knast. Wir sind Mörder!"

Lübbert schwieg. Er vergrub den Kopf in beide Hände. Er schien nachzudenken. Wind kam auf. Eine Böe erfasste das Extrablatt und wehte es fort. Winnetou kramte seinen

Tabakbeutel aus der Hosentasche und begann mit zittrigen Fingern zu drehen. Lübbert schwieg immer noch.

„Sag endlich was", rief Winnetou ihm zu und schubste ihn mit dem Ellenbogen so fest in die Seite, dass er beinahe von der Bank gerutscht wäre.

„Schrei hier nicht so 'rum. Wir machen uns nur unnötig verdächtig. Ich habe ihn nicht totgeschlagen. So fest waren meine Schläge nicht. Der hat geschauspielert. Als wir raus waren, hat der sich unter die Dusche gestellt und alles war wieder gut. Glaub' mir."

„Dann ist er sicher unter der Dusche gestorben. Die Massagestrahlen seines Luxusbads haben die Duschköpfe mit derartiger Härte und Geschwindigkeit verlassen, dass er daran gestorben und anschließend auf den Minigolfplatz geschwebt ist."

„Hör auf zu labern. Als wir das Hotel verließen, hat er schon wieder ganz normal geatmet. Außerdem: Wie kommt er auf den Januskopf?"

„Stimmt. Seltsam ist das schon. Und trotzdem. Wenn er spazieren war und dann Hirnbluten bekommen hat oder sowas. Man weiß ja nie! Ich weiß allerdings nur eines: Wir müssen schnellstmöglich runter von der Insel. Die haben garantiert schon unsere Personenbeschreibung. Irgendjemand hat uns mit Sicherheit in der Nähe des Hotels gesehen."

„Und warum geben die dann keinen Personenbeschreibung an die Presse?"

„Taktik, Alter. Taktik. Die wollen, dass wir uns in Sicherheit wiegen. Dann schlagen sie zu. Wir müssen weg hier. Das geht nicht gut."

Noch während Winnetou das sagte, kramte er einen Haargummi aus dem Rucksack und band sich die schwarze Mähne zu einem schmalen Zopf nach hinten. Das Haarband ließ er in der Hosentasche verschwinden. Dann setzte er sein dunkelblaues Basecap auf, zog den Schirm tief in die Stirn und befahl Lübbert: „Los, auf geht's zum Hafen."

Auflaufendes Wasser im Wattenmeer vor Norderney. Der Wind nahm zu. Winnetous Pferdeschwanz wurde von den äußerst frisch daherkommenden Böen tüchtig geschüttelt. Das galt auch für Lübberts grau-blaues Halstuch, dass er sich um den Kopf gewickelt und bis über die Augenbrauen nach unten gezogen hatte. So konnte man die kurzen, weißen Haare kaum erkennen – und erst recht nicht die wuschigen, weißen Augenbrauen. Sicherheitshalber gingen sie nicht durch die Stadt Richtung Hafen, sondern am Strand entlang. In der Stadt herrschte mittlerweile helle Aufregung. Spätestens, seitdem die Redakteurin der *Badezeitung* das Extrablatt auf den Markt gebracht hatte, gab es nur noch ein Thema auf der Insel: der Mord an Onno Aden. Selbst die für gewöhnlich auf Norderney besonders ausgeprägte Gelassenheit der Gäste schien einer gewissen Nervosität zu weichen, als sich sogar der Stadtausrufer des Themas annahm. Normalerweise verkündete Bernhard Krug in ebenso sympathischer wie humorvoller Weise, welche Veranstaltungen der Tag für die Gäste bereithielt, welche Ärzte und Apotheken Notdienst verrichten und mit welchem Wetter zu rechnen sei. Auch heute schüttelte er wieder kräftig seine Glocke vor dem *Conversationshaus* am Kurplatz und bei den bronzenen Seehunden in der Poststraße. Sein blau-weiß gestreiftes Fischerhemd und seine rote Schirmmütze verpassten dem Stadtbild von weither sichtbar den gewohnt netten Farbklecks. Rasch scharten die Urlauber sich um ihn, besonders die Kinder zog der *Norderneyer Stadtausrufer* immer wieder in seinen Bann. Was er dieses Mal zu verkünden hatte, löste bei den Gästen allerdings betretenes Schweigen aus. Aus der Umhängetasche mit den Luftballons und den Bonbons für die Kinder zog er diesmal das Extrablatt der *Norderneyer Badezeitung* hervor. Als er den Text vorgelesen hatte, bat er die Gäste um Vorsicht und darum, verdächtige Wahrnehmungen der Polizei in der Knyphausenstraße mitzuteilen. Gleichzeitig beruhigte er die Urlauber mit dem Hinweis auf die gute Arbeit der Insel-Polizei und stellte fest, dass man letztendlich ja noch gar nicht wisse, ob es sich wirklich um einen richtigen Mord oder vielleicht nur um einen Unfall handele.

Als für Winnetou und Lübbert der Hafen in Sichtweite kam, wurde ihnen schnell klar, dass es keinen Sinn hatte, die Fähre zu betreten. Ein Großaufgebot der Polizei kontrollierte nicht nur die Autoinsassen, sondern durchwühlte auch die Kofferräume. Besonders die Lastwagenkontrollen zogen sich aufreizend in die Länge. Die Polizei schien sich keinen Millimeter Ladefläche entgehen lassen zu wollen. Auch im Abfertigungsgebäude herrschte Hektik. Das Personal musste teilweise wüste Beschimpfungen über sich ergehen lassen, weil die Polizei nicht nur Personalausweise und Reisepässe in Augenschein nahm, sondern auch Taschen und Koffer stichprobenartig kontrollierte. Darin sahen die meisten Passagiere, die bis dahin noch geduldig alle Verzögerungen über sich ergehen ließen, keinen Sinn.

300 Meter vor dem Hafengebäude standen Winnetou und Lübbert am *Westkopf* der Insel. Sie hatten dem Hafengebäude den Rücken zugewandt. Was sie gesehen hatten, reichte ihnen. Ihr Blick ging jetzt Richtung Festland und drückte ein gerüttelt Maß an Sehnsucht aus. Der Wind, der ihnen ins Gesicht wehte, war unerbittlich. Doch Winnetou lächelte. Lübbert bemerkte den Zynismus in der Körpersprache seines Kumpels allerdings sofort.

„Ich denke, es wird das Beste sein, wenn wir unseren Urlaub auf Norderney verlängern", sagte Winnetou, ohne mit der Wimper zu zucken. Dann schaute er Lübbert an und fragte: „Na, was meinst du?"

Lübbert schwieg und blickte zu Boden. Nach einer Weile legte Winnetou den Arm um Lübbert und sagte: „Komm, Lübbi. Aufgeben gilt nicht. Wir müssen zunächst einmal Zeit gewinnen."

Da begann sich Lübberts Blick aufzuheitern: „Ich habe da eine prima Idee."

Faust hatte keine Mühe damit, die Polizeiführung in Aurich davon zu überzeugen, auf der Stelle eine Sonderkommission einzurichten und dafür auch entsprechende Räumlichkeiten zu besorgen. Das Revier an der Knyphausenstraße gab in dieser Richtung nicht allzu viel her; also musste improvisiert werden. Schon am frühen Nachmittag teilte der Auricher Inspektionschef mit, dass der Bürgermeister den Konferenzraum in der ersten Etage des Norderneyer Rathauses für die „Soko Insel" zur Verfügung stelle. Obwohl der Kurdirektor aufgrund des Vorfalls schlimme Folgen für den Tourismus befürchtete, begannen Mitarbeiter des Staatsbads unmittelbar damit, gemeinsam mit Auricher Kripo-Beamten Schreibtische heranzuschleppen, Computer aufzustellen und unzählige Meter von Strippen zu ziehen.

Soko-Chef Faust und sein Kollege Visser saßen in all dem Trubel einträchtig nebeneinander auf einem der Schreibtische.

„Das hier ist mal wieder so ein Fall, da könnte jeder der Mörder sein. Wirklich jeder." Faust wischte sich mit dem Handrücken über den Mund und schluckte den letzten Bissen des Döners herunter, den er sich im Imbiss an der Strandstraße gekauft hatte. Visser schaute währenddessen Fausts Körper von der Seite an und überlegte, wie es sein könne, dass sein Kollege so ungesund essen dürfe und trotzdem eine solch sportliche Figur habe. Gleichzeitig löffelte Visser den Obstsalat aus der kleinen Tupperschüssel, die seine Frau ihm am Morgen noch schnell in den Rucksack gepackt hatte, und ließ die Beine baumeln.

„Sie haben recht. Ich hatte zum Beispiel nicht das Gefühl, dass Juliane allzu sehr um ihren Onno trauert. Eine trauernde, geschockte Witwe sieht anders aus. Andererseits kann ich mir nicht vorstellen, dass sie es gewesen ist. Ich traue ihr so etwas einfach nicht zu. Dafür kenne ich sie zu lange."

„Ich traue der allerdings einiges zu", sagte Faust und machte dabei eine eindeutige Handbewegung. Visser stutzte und warf seinem Kollegen einen abschätzigen Blick zu.

Dann hob Faust erneut an, diesmal seriös: „Wir müssen außerdem mal abwarten. Ich glaube nämlich auch nicht unbedingt, dass der Fundort der Leiche auch der Tatort ist. Der Wind hat schon viele Spuren verweht. Ich hoffe nur, er hat den Kollegen der Spurensicherung noch etwas übrig gelassen."

Um sie herum wurde es immer ungemütlicher. Zwei Computerleute verlegten Netzwerkkabel und riefen sich irgendetwas zu. Pausenlos öffnete und schloss sich die Tür, weil Kollegen Büromaterial und Stühle hereinbrachten. Hinten in der Ecke klingelte ein Telefon.

„Und was ist mit dem Hausmeister?", fragte Visser, der nun deutlich lauter reden musste, um von seinem Kollegen gehört zu werden.

„Was sollte der für ein Motiv haben?"

„Ärger mit dem Chef. Geld. Eifersucht. Gier. Das Übliche. Der schien mir allerdings in der Tat eher geschockt als die Witwe. Und seine Aussage mit den beiden Typen vor dem Hotel klang glaubhaft. Die müssen wir unbedingt kriegen."

Während Visser das sagte, rutschte gerade ein Computerbildschirm von einem der Schreibtische, gegen den ein junger Kollege gestoßen war.

„Verdammte Hektik. Hier kann man nicht arbeiten. Keinen klaren Gedanken kann man in diesem Saftladen fassen", schrie Faust, sprang von der Schreibtischplatte und trat gegen einen Papierkorb, der quer durch den Raum flog und um ein Haar einen weiteren Bildschirm zu Boden geschickt hätte.

Mit hochrotem Kopf zischte der Soko-Chef Visser an: „So kommen wir nicht weiter. Die Pressestelle soll nach den beiden Typen suchen und auch Phantomzeichnungen an die Zeitungen geben. Der Breuer hat die super beschrieben. Das muss morgen in allen ostfriesischen Blättern stehen."

Dann verließ Faust den Konferenzraum und knallte die Tür hinter sich zu. Ein Kollege aus Aurich zuckte mit den Schultern und grinste, ein anderer schien sich für Faust zu schämen. Auch Visser rutschte nun von der Schreibtischplatte und rief im Hinausgehen so laut, dass man es bis ins Vorzimmer des Bürgermeisters hören konnte: „Jungs, wie haltet ihr es mit diesem Vollidioten bloß aus?"

BUNKERLEBEN

Wieso kennst du dich hier auf Norderney eigentlich so gut aus", fragte Winnetou seinen Begleiter, als sie am Nordstrand entlang in Richtung Osten gingen. Die Insel lag bereits im Dämmerlicht, als sie sich zwischen dem Dünental Cornelius und dem *Strandaufgang Detmold* gegen den böigen Nordost anstemmten. Sie waren froh, dass der Wind immer noch so heftig blies und sich die Sonne an diesem Tag nur sporadisch hatte blicken lassen. So hielt sich die Zahl der Touristen und die einheimischer Spaziergänger, die sie vielleicht erkennen und verraten konnten, einigermaßen in Grenzen.

„Als Kind habe ich ein paar Mal mit meinen Eltern Urlaub hier gemacht. Meist waren wir mit dem Wohnwagen hier. Außerdem habe ich mit vierzehn oder fünfzehn Jahren mal eine Freizeit in einem Jugendgästehaus auf Norderney verbracht. Da haben wir die Gegend erkundet. Eine tolle Zeit, sag' ich dir."

„Bist du dir eigentlich sicher, dass wir hier gerade das Richtige tun?" Winnetou war plötzlich erneut tief in sich gekehrt.

„Wir sollten uns stellen. Irgendwann kriegen die uns doch."

„Quatsch mit Soße." Lübbert blieb stehen, fasste Winnetou an der Schulter und warf ihm einen Blick zu, der an Entschlossenheit kaum zu übertreffen war. „Wir ziehen das Ding jetzt durch. Wir müssen Zeit gewinnen. Ich will einfach nicht glauben, dass der Hotel-Typ an meinen Schlägen gestorben ist."

Winnetou gab nicht nach: „Was würde uns schon passieren, wenn wir die Wahrheit sagen würden? Ich weiß ja auch, dass du ihn nicht totschlagen wolltest."

„Die Bullen würden sich herzlich bei uns bedanken. Und selbstverständlich würden die uns glauben, wenn wir ihnen sagen würden, dass wir dem Hotelier abends was auf die Fresse gegeben haben, sein Tod für uns aber wie aus heiterem Himmel kommt. Wahrscheinlich würden die uns sogar noch einen Orden verleihen, weil wir so ehrlich und aufrichtig sind. Mensch, Apache. In welcher Welt lebst du eigentlich?"

Winnetou war sich sicher, dass Onno Aden an den Schlägen seines Schicksalsgenossen Lübbert H. Saathoff gestorben war. Warum der dies nicht einsehen wollte, blieb ihm ein Rätsel. Wahrscheinlich war es eine psychische Schutzreaktion, die womöglich schon in Kürze der Realität weichen würde, dachte Winnetou und rieb sich die Augen, in die mit dem immer böiger werdenden Wind zahllose Sandkörner hineinflogen. In einem Abstand von zehn Metern schlenderten sie weiter Richtung Strandaufgang Detmold. Sie hatten Zeit, und sie waren nun allein. Keine Menschenseele weit und breit. Lübbert wollte warten, bis es dunkel war. Das Versteck, das ihm vorschwebte, kannte er aus seiner Jugend. Dort würde sie niemand finden, da war er sicher. Und an dieser Stelle bliebe ihnen dann die Zeit, über die ganze Sache nachzudenken, die Ermittlungsarbeiten der Polizei abzuwarten und gleichzeitig Pläne für die Zukunft zu schmieden. Winnetou fand diese Idee mehr als nur abenteuerlich, aber eine bessere Lösung wusste er auch nicht.

Inzwischen gingen sie wieder nebeneinander her. Lübbert versuchte, sich eine Zigarette zu drehen, was bei dem Wind gar nicht so einfach war. Winnetou richtete den Gurt seines Gitarrenkastens und blickte Richtung Insel-Osten. Das Haar hatte er immer noch unter dem Basecap versteckt, ebenso wie Lübbert Stirn, Haaransatz und Augenbrauen nach wie vor mit seinem Schal bedeckt hielt. Über eine Strecke von mehreren Minuten sagten sie nichts mehr. Vielleicht war es auch eine halbe Stunde oder sogar eine oder zwei Stunden. Winnetou wusste das nicht mehr richtig einzuordnen. Er überlegte, was die Leute im Hotel über ihn denken würden. Einfach so zu verschwinden, ohne sich zu verabschieden. Sie würden ihn für unverschämt und unhöflich, ja für rotzfrech halten. Und vor allem, wenn herauskäme, dass sie gesucht würden: Bei dem Gedanken lief Winnetou ein kalter Schauer über den Rücken und der Magen zog sich zusammen. Auch Kempowski, seine Kumpels in Aurich und die ganzen Kaufleute, die ihn kannten und schätzten, würden das mitbekommen. Selbst als Straßenmusiker würde er kein Bein mehr auf den Boden bekommen.

Er versuchte zu verstehen, was es bedeutete, hierhergekommen zu sein, auf diese Insel. Hatte sein Schicksal das so gewollt? Gab es überhaupt Zufälle im Leben? Fest stand nur, dass er sich von Lübbert in diese Sache hatte hineinziehen lassen. Aber das war mal wieder typisch für ihn, für sein ganzes Leben. Wie oft hatte er schon derart unentschlossen gehandelt. Der liebe, gutgläubige, harmoniebedürftige Paul-Karl. Typisch für ihn. Sollte hier auf Norderney die Reise, die Odyssee seines Lebens, enden?, fragte er sich. Was jetzt noch blieb, war vielleicht nur noch das Nachwort, ein schnöder Epilog, ein dürftiger Abgesang auf sein Leben. Winnetou war klar: Mit Lübberts Los hätte er sich besser eine Zigarette angesteckt oder sonst jemanden froh gemacht.

Mittlerweile war es so dunkel, dass man all die Muscheln am Strand kaum noch erkennen konnte. Manche, die vom nun rasch auflaufenden Wasser bereits wieder nass waren, reflektierten im Mondlicht, das den Norderneyer Nordstrand in mystischen Glanz hüllte. Ein Paradies für nach

Stille lechzende Urlauber und Liebespaare, dachte Winnetou, der aus seinem dunklen Gedankentraum erwacht war und die Umgebung endlich wieder zur Kenntnis nahm. So bemerkte er auch wieder, dass die Brandung nun noch heftiger schnaubte und schnaufte, die Wellen immer bedrohlicher Richtung Dünenwände rollten und er sich sputen musste, wollte er trockenen Fußes hinaufsteigen durch den tiefen Sand in die Dünenschneise, die zum östlichen Stadtrand führte. Lübbert hatte diese Stelle des Strandaufgangs längst erreicht. Er winkte Winnetou mit weit ausholenden Armbewegungen zu.

Als Winnetou zu Lübbert aufgeschlossen hatte, musste er erst einmal tüchtig durchschnaufen. Beide drehten sich noch einmal um, blickten hinunter zum Spülsaum, der immer näher kam und immer wilder aufschäumte. Am Horizont war die Sonne längst ins Meer getaucht. Nur noch der Mond spendete Licht – nicht besonders viel heute Abend, aber es reichte, um ohne zu straucheln die Lippestraße zu erreichen.

„Jetzt ganz leise sein, nicht mehr reden und auf Tuchfühlung bleiben", befahl Lübbert im Flüsterton.

Dann bogen sie in die Nordhelmstraße ein. In den meisten Häusern waren die Lichter bereits erloschen. Nur hinter wenigen Fensterscheiben sah man Bewohner, die ein Brettspiel spielten oder einen Skat droschen. Aus anderen Fenstern blitzte und zuckte unruhiges, blau-gelbes Fernsehlicht bis auf den Bürgersteig hinaus. Als sie an der schmalen Gasse an der rückwärtigen Elbestraße angelangt waren, fuhr Lübbert zusammen. Von hinten näherten sich Radfahrer, deren Dynamos wie Sirenen die Stille zerschnitten. Lübbert fasste Winnetou am Handgelenk und zog ihn hinter eine Thujahecke, die ihnen Schutz vor den Blicken der Männer bieten sollte. Als sie näher kamen und das Licht der Scheinwerfer die gepflasterte Fahrbahn notdürftig anleuchtete, hörten Winnetou und Lübbert, dass sich die Männer auf Plattdeutsch unterhielten – äußerst lautstark. Zuerst dachten sie, sie stritten sich, doch dann merkten sie, dass es wohl um Politik ging.

„De in 't Rathuus maken, wat se willen!", schimpfte der eine, und schon waren sie mit ihren Rädern um die Ecke gebogen.

„So, die Luft ist wieder rein", flüsterte Lübbert, packte Winnetou erneut am Handgelenk und zog ihn hinter sich her durch die Gasse. Trotz der Dunkelheit konnte man erkennen, dass es sich hier um eine sehr gepflegte Wohngegend handelte, dicht bebaut, überall Blumenkübel mit Balkonpflanzen und mit Stauden dicht bewachsene Beete in schmalen Vorgärten. Gegenüber einem der Häuser schob Lübbert den Riegel eines Eisentors zurück, um in den Garten mit dem kleinen Gewächshaus zu gelangen. Das Quietschen des Riegels ging Winnetou durch Mark und Bein. Als hinter einem Fenster im gegenüberliegenden Haus im gleichen Moment Licht anging, fuhr auch Lübbert zusammen. Er bückte sich und schlich hinter das Gewächshaus. Winnetou folgte ihm. Er spürte, dass auch Lübbert aufgeregt sein musste, denn er roch seinen Schweiß, der von einer gewissen Angst resultieren musste. Außerdem atmete er schwer und unrhythmisch.

Als das Licht erlosch und die Klospülung endgültig Entwarnung gab, zeigte Lübbert auf eine mit Efeu dicht bewachsene Wand. Dort galt es nur noch, die arg angerostete, klobige und vermutlich tonnenschwere Tür aus Stahl zu öffnen. Sie war nicht verschlossen, nur verriegelt. Man konnte sich mit der Schulter gegen einen gewaltigen Griff aus Eisen stemmen. Von innen wie von außen. Vom Quietschen der Türangeln fuhren beide noch einmal zusammen.

Dann sagte Lübbert: „Junge. Wir haben's geschafft. Hier ist der Bunker, in dem ich zum ersten Mal ein Mädchen geküsst habe."

Lübbert konnte sich an das Erlebnis offenbar noch hervorragend erinnern. Mit dem Licht seines Handys tapste er zielgerichtet erst nach rechts, dann nach links. Und während Winnetou immer noch der Atem stockte, drehte Lübbert am Lichtschalter. Der warme Schein einer handelsüblichen, nackt und ohne Schirm in der Fassung baumelnden Birne gab den Gästen fürs erste Orientierung.

„Wenigstens haben wir ein Dach über dem Kopf", sagte Lübbert, dessen Gesichtszüge sich gründlich entspannten.

Auch Winnetou schien nun irgendwie erleichtert. Doch da konnten sie noch nicht ahnen, welche unangenehme Überraschung bereits wenige Stunden später auf sie zukommen würde.

DIE VOLKSSEELE KOCHT

Als Gent noch selbst rauchte, hatte ihn der penetrante Geruch nie gestört. Nun aber setzte sich der Qualm wie zwei daumendicke Pfropfen in den Nasenflügeln fest, während der warme, stickige Dunst gleichzeitig unaufhaltsam beißend in die Augen zog, dass ihm die Tränen liefen. Trotzdem wollte Gent nicht auf den Skatabend in seiner Lieblingskneipe verzichten. Jeden Donnerstag traf er sich mit Thomas und Hinni im *Windjammer* an der Kirchstraße, und wenn es die Zeit zuließ, mischte auch Pogo, der Wirt, gerne einmal mit. Dass ihm heute Abend gleich mehrere zynische Blicke entgegenfuhren, hatte er nicht gedacht. Hinni und Thomas waren noch nicht da. Dafür aber saß eine Gruppe junger Norderneyer an dem kleinen runden Tisch in der Ecke des Schankraums.

„Na, Herr Oberkommissar. Hast du den Mörder schon hinter Schloss und Riegel", fragte ein ganz offenkundig bereits angetrunkener Blondschopf. Gent wusste, dass die johlende Dreierbande zwar im Grunde harmlos, für ihre Stänkereien aber bekannt war. Deshalb trat er den jungen Männern betont sachlich entgegen.

„Nein, ich muss euch enttäuschen", entgegnete Gent, während er die Jacke an den Haken hing und über die Theke hinweg ein Mineralwasser bestellte. „Ich hoffe, dass wir den Fall schnell klären. Eine heiße Spur haben wir noch nicht. Aber wir ermitteln wie immer in alle Richtungen."

Der Blonde nahm einen großen Schluck aus dem Weizenglas und prustete dann los: „Ja, ja. Das kenne ich. In alle Richtungen. Heute von Norden nach Süden und morgen von Osten nach Westen." Seine beiden Kumpels grölten nun los, dass man es bis nach draußen hören konnte. Gent merkte, wie sein Blutdruck anstieg. Es fiel ihm schwerer als er dachte, die Haltung zu bewahren. Wie gern hätte er sich jetzt eine Zigarette angezündet und ein Bier bestellt. Doch er hatte nicht nur seinem Arzt, sondern besonders seiner Frauke alle Eide geschworen, ab sofort gesund zu leben. Also riss er sich zusammen.

„Jungs. Passt auf. Entweder ihr unterhaltet euch vernünftig mit mir, oder ich schmeiße euch raus. Pogo wird garantiert nichts dagegen haben. Viel passt in euch sowie nicht mehr rein."

Dass auf der Stelle Ruhe war, hätte Gent nicht gedacht. Sein ebenso rabiater wie entschlossener Gesichtsausdruck hatte offensichtlich auf der Stelle Wirkung gezeigt. Murmelnd wandte sich die Dreiergruppe wieder ihrem Bier und ihren Zigaretten zu.

Gent schnappte sich einen Hocker und nahm an der Theke Platz. Pogo hatte ihm das Mineralwasser bereits an seinen Stammplatz gestellt, als Hinni sich dazugesellte.

„Na, Gent. Wie sieht's aus?", fragte Hinni.

„Nichts Neues. Nur dass wir noch im Dunkeln tappen."

„Ich habe gehört, ihr sucht zwei Typen. Irgendwelche Gangster, die sich noch auf der Insel aufhalten sollen."

„Stimmt. Aber, ob die wirklich noch auf der Insel sind, wissen wir nicht."

Hinni nahm den ersten kräftigen Schluck Guinness. Dann legte er die Stirn in Falten, fuhr sich durch das dünne, braune Haar, schob mit gestrecktem Zeigefinger die Brille zurück aufs Nasenbein und sagte: „Also wenn der Aden in der

Nacht zu heute gekeult worden ist, dann müssen die Täter noch auf der Insel sein. Es sei denn, sie sind mit den ersten beiden Fähren um 6.15 oder 7.30 Uhr abgehauen. Die dritte Fähre ging um 8.45 Uhr. Zu der Zeit war der Hafen aber von der Polizei und der Feuerwehr bereits hermetisch abgeriegelt."

„Also kann es durchaus sein, dass der oder die Täter die Insel bereits verlassen haben", gab Gent zurück, der sich wunderte, dass sein Kumpel so perfekt im Bilde war.

„Sie sind noch auf der Insel. Johann und Süntke hatten heute Morgen Dienst an der Abfertigung. Denen wäre bei der Kartenkontrolle etwas aufgefallen. Auf die kannst du dich verlassen. Denen geht kein Fremder durch die Lappen. Ich habe eben noch mit Johann gesprochen. Der ist auch felsenfest davon überzeugt, dass die Verbrecher noch unter uns sind."

Je länger er seinem Freund Hinni zuhörte, desto klarer wurde Gent, wie brisant die Stimmung auf der Insel zwischenzeitlich geworden war. Die Leute hatten offenbar mehr Angst, als er dachte.

„Hör zu, Hinni", sagte Gent und griff wie automatisch nach der dessen Zigarettenschachtel. „Natürlich haben wir Johann und Süntke heute Morgen auch gleich vernommen. Aber es besteht immerhin noch die Möglichkeit, dass sich der Täter zum Beispiel auf der Ladefläche eine Lastwagens versteckt hatte und auf diese Weise Norderney verlassen hat."

„Also ich habe gehört, dass etliche Eltern ihre Kinder morgen mit dem Auto zur Schule bringen wollen", griff nun Thomas, der zwischenzeitlich gekommen war, in die Unterhaltung ein. Dann orderte er ein helles Weizen und nahm den Faden wieder auf: „Die Stimmung ist wie vor zwei Jahren, als der Kellner um die Ecke gebracht wurde. Die Leute schieben riesige Angst. Wenn ihr den Fall nicht ganz flott löst, bricht hier die Panik aus."

„Ich bin ja mal gespannt, was die Zeitungen morgen schreiben. Bei der Mayer-Lübbecke von der *Badezeitung* brannte eben noch Licht. Die wird den Griffel mal wieder ordentlich gespitzt haben", sagte Hinni und leerte sein Glas in einem Zuge.

Zum Kartenspielen kamen die Männer an diesem Abend nicht. Der Mord an Onno Aden dominierte das Geschehen an allen Tischen und an der kompletten Theke. Gent wusste, dass er dieses Brett, so dick es auch sein mochte, schnell bohren musste. Sehr schnell sogar. Sonst würde ihm und mit ihm seinem Kollegen Faust die Sache hier auf Norderney dieses Mal entgleiten.

Im alten, mit Gras und zahllosen Rankpflanzen zugewachsenen Luftschutzbunker an der Elbestraße hatten Winnetou und Lübbert es sich derweil fürs Erste bequem gemacht – wenn man das so nennen konnte. Aus einem Stapel billiger, ineinander gekeilter Plastikgartenstühle hatten sie sich die beiden besten herausgenommen und an den kleinen runden Tisch gestellt, der an der Seite neben dem Straßenbesen stand. Die fingerdicke Staubschicht wischte Lübbert mit dem Ärmel weg, die Spinne, die er dabei aufgescheucht hatte, schnippte er per Mittelfinger kurzerhand vom Tisch. Sie landete an der Wand, wo sie jedoch sofort Halt fand und mit kurzen, schnellen Bewegungen einen Meter nach oben krabbelte, um dann hinter dem Spalt eines Türrahmens zu verschwinden.

Wenn es von dem Begriff Stille jemals eine Steigerung gegeben haben sollte – an dieser Stelle war der Superlativ ultimativ erreicht. Leiser ging es wirklich nicht. Kein Laut drang in den Bunker hinein, selbst das Rauschen des Meeres, ansonsten auf der Insel omnipräsent, fand in diesem Weltkriegsrelikt sein akustisches Finale. Lübbert und Winnetou ließen die neue Situation zunächst einmal auf sich wirken. Beiden knurrte der Magen. Erst gluckste es bei Winnetou, wenige Sekunden später gluckerte es bei Lübbert; ein Umstand, der Winnetou seit etlichen Stunden endlich noch einmal ein Lächeln auf die Lippen zauberte. Beide wussten, was Sache war. Das Hauptproblem im Moment: Sie hatten Hunger bis unter beide, besser gesagt bis unter alle vier Arme. Wie sie ihn auf die Schnelle abstellen konnten, wussten sie allerdings nicht. Noch nicht. Also konnten sie zunächst in Ruhe weiter schweigen.

Winnetou nutzte die Gelegenheit, sich im neuen Feriendomizil umzuschauen. Die Fläche des Hauptraums schätzte er auf 40 bis 45 Quadratmeter. Drei ein Meter dicke Gewölbebögen stützten die tonnenschwere Betondecke, die die Insulaner in der Norderneyer *Nordhelmsiedlung* während des Zweiten Weltkriegs vor dem Schlimmsten hatte bewahren sollen. Das Gewölbe sowie die sauber verputze Decke schienen absolut trocken, zumindest fanden sich keine auffälligen, feuchten Stellen. Außerdem mussten vor nicht allzu langer Zeit die Wände weiß getüncht worden sein. Derjenige, dem dieses Gebäude gehörte, schien Ordnungsliebe auf der Visitenkarte aufgedruckt zu haben. Auch von einem modrigen Geruch konnte kaum die Rede sein. Wenn hier etwas müffelte, dann ein alter, eiserner Räucherofen, in dem in den vergangenen vierzig, fünfzig Jahren so manche Scholle und so mancher Lachs zubereitet worden war.

Unter zunehmendem Glucksen in seinem Magen stand Winnetou nun auf. Er wunderte sich, dass der Bunker zwei – wenn auch sehr kleine – Nebenräume besaß. Diese standen komplett leer. Dafür hielt der Hauptraum noch ein paar Überraschungen parat. In der rechten hinteren Ecke fanden sich neben Sitzauflagen, die in eine Plastikplane sauber verpackt waren, rund zwanzig Porzellanteller unterschiedlicher Größen: tiefe, flache und Dessertteller. Alle von *Seltmann Weiden*. Die Besitzerin musste das Geschirr aussortiert haben, weil es nicht mehr komplett war. Nun zeigte es sich verstaubt, aber ansonsten noch tadellos. Wenn man die Teller abwusch, konnte man problemlos davon essen, überlegte Winnetou, der glaubte, sich mittlerweile beim Denken vollkommen absurden Zeugs zu erwischen. Das musste mit dem Hunger zu tun haben und mit dem Durst, der ihn und Lübbert allmählich in die Knie zwang, dachte er. Um sich abzulenken, schaute er sich weiter um.

Nicht weit von der stählernen Eingangstür standen zwei alte Fahrräder, die schon jede Menge Rost angesetzt hatten.

Gleich dahinter fand sich eine Schubkarre. Die schien in den vergangenen Jahren allerdings kaum noch benutzt worden zu sein. Auch der Inhalt nicht: zwei rote und zwei gelbe Plastikeimer, eine kleine blaue Schaufel, ein Sieb und eine gelbe Plastikente mit rotem Schnabel.

Beim genauen Hinschauen wollte Winnetou seinen Augen nicht trauen. War es der Hunger, der ihn nun tatsächlich bereits kopflos gemacht hatte, oder war es die Wahrheit? Inmitten der Sandspielsachen lag eine Flasche Bier. Vorsichtig nahm er sie zur Hand. Dann las er den Text auf dem Etikett: „Wasser, Gerstenmalz, Hopfen, Hopfenextrakt. alc 4,8 % vol, 0,33 Liter. Mit besten Rohstoffen nach traditioneller Braukunst hergestellt."

Das Vorlesen dieses Textes machte Lübbert hellhörig.

„Bist du jetzt vollkommen durchgeknallt, oder was ist los?", fragte er.

„Komm her und überzeuge dich selbst", sagte Winnetou und hielt Lübbert die Flasche hin.

„Tatsächlich. Bier." Dann führte er das Etikett ganz nah vor die Augen und las: „Mindestens haltbar bis: 27. Dezember."

„Das haut hin", sagte Winnetou. Die trinken wir nun ganz gemütlich. Das haben wir uns verdient."

Lübbert nickte und schluckte und schluckte und nickte. Ihm lief das Wasser im Mund zusammen. Gleichzeitig nahmen beide wieder Platz. Winnetou kramte sein Feuerzeug aus der Hosentasche und katapultierte den Kronkorken mit einer geschickten Hebelbewegung zwischen Daumen und Verschlusskante vom Flaschenhals.

„Wer darf zuerst?", fragte Lübbert.

„Du", antwortete Winnetou.

„Nein du", sagte Lübbert. „Du hast die Pulle gefunden."

„Nein, nimm du den ersten Schluck. Du hast uns das Hotel hier schließlich besorgt."

Beide lachten. Warum sie in dieser Situation lachen konnten, erschloss sich ihnen nicht.

Was spielte es aber auch schon für eine Rolle? Zumindest für einige Augenblicke konnte eine Flasche Bier dem Leben

Optimismus einflößen. Das war für den Moment alles, was zählte.

„Kopf oder Zahl", fragte Lübbert schließlich.

„Kopf", antwortete Winnetou.

Und während Lübberts allerletzte Ein-Euro-Münze durch die Luft wirbelte und drehte, erschütterte ein ohrenbetäubendes Bollern und metallenes Knirschen den aufkommenden Frieden im Norderneyer Insel-Bunker. Lübbert und Winnetou starrten sich an. Beiden trat der Schweiß auf Stirn, Nacken und Rücken. Bei Lübbert quollen die Augäpfel hervor, Winnetou stockte der Atem. Das Bollern wiederholte sich, ebenso das Knirschen, das von der Eingangstür hereindrang. Zum Knirschen gesellte sich nun auch noch ein fürchterlich hoher Quietschton, der durch Mark und Bein fuhr. Lübbert schaltete als Erster. Er drehte den Lichtschalter aus.

Mit dem Löschen des Lichts ließen auch die metallenen Geräusche nach. Gleichzeitig drang ein angenehmer, kühler Windhauch in den Bunker. Winnetou und Lübbert saßen währenddessen beide in der Dunkelheit wie in Stein gemeißelt am Tisch. Ihre Herzen schlugen hoch und höher, in den Schläfen pochte der Puls. Draußen schien es zu regnen.

„Ich finde den verdammten Lichtschalter nicht", hörten sie einen Mann mit außergewöhnlich tiefer Stimme sagen.

„Mach mal das Feuerzeug an", entgegnete ein anderer, offenbar jüngerer Mann.

„Verdammt. Ich habe es vergessen."

„Warum ist unsere Taschenlampe eigentlich kaputt?"

„Die ist doch immer kaputt, wenn wir hier was suchen." Der Mann mit der tiefen Stimme wurde nun ungeduldig.

„Ich habe meinem Kumpel den Räucherofen hoch und heilig versprochen. Morgen fahren wir zu ihm hin. Christa und ich. Eine Woche Halbpension für einen Räucherofen. Nicht schlecht, oder?"

Winnetou saß weiter in der Dunkelheit wie zur Salzsäule erstarrt. Jetzt merkte er, wie sich ihm einer der Männer näherte. Er war keinen Meter mehr von ihm entfernt. Winnetou roch seinen Atem und spürte die Körpernähe. Doch er konnte nichts sehen. Nicht einmal einen Schatten. Was für ein Glück, dass Lübbert und er noch nicht geraucht hatten heute Abend in diesem gottverdammten Bunker, dachte Winnetou, als erneut ein ohrenbetäubendes Geräusch das Gebäude erfüllte. Einer der Männer hatte sich wohl in der Zwischenzeit bis zu dem Räucherofen vorgetastet und zog das Blechgerät nun scheppernd Richtung Ausgang.

„Wie gut, wenn man sich auskennt in seinem kleinen Reich. Ordnung ist eben immer noch das halbe Leben", hörten Lübbert und Winnetou den Älteren der beiden triumphieren. Ein erneutes, mächtiges Krachen, Quietschen und Bollern setzten dem nächtlichen Schockerlebnis ein Ende. Nach wenigen Sekunden schaltete Lübbert das Licht wieder an. Winnetou war kreidebleich, die Bierflasche stand unangetastet mitten auf dem Tisch. Daneben lag die Münze. Kopf oben. Als Winnetou das erkannte, verschwand die Blässe in seinem Gesicht innerhalb weniger Sekunden. Er nahm – wenn auch mit großer Vorsicht und höchstem Respekt – die Flasche zur Hand und dann den ersten Schluck. Der Bunkerfrieden war zurückgekehrt.

SCHREIBERLINGE UND FERNSEHFUZZIS

Als Frauke Visser aufwachte, war Gents Bett bereits leer. Sie machte sich Sorgen um ihren Mann. Etliche Monate hatte sie dazu gebraucht, ihn davon zu überzeugen, dass es besser sei, mit dem Rauchen aufzuhören. Nun hatte er – offenbar wegen des anhaltendes Stresses und der rapiden Gewichtszunahme – das erste Warnzeichen erfahren. Trotz der Entwarnung durch den Hausarzt veränderte Gent sich mehr und mehr zu einem nachdenklichen Menschen. Von der einstigen Frohnatur waren nur noch ein paar Reste übrig geblieben. Gent tat ihr leid. Sie wollte ihm unbedingt helfen. Die Frage war nur, wie man ihm helfen konnte. Gent war nämlich ein Dickschädel, dessen Stolz ihn in aller Regel davon abhielt, sich helfen zu lassen.

Als Frauke die Küche betrat, saß er bereits am Tisch. Er hatte für beide das Frühstück zubereitet, beim Bäcker frische Brötchen geholt und Eier gekocht. Das versprach eine gute Grundlage für den Tag.

„Ich wollte dich gerade rufen", sagte Gent, während Frauke ihm einen Kuss auf die Wange drückte. Frauke spürte die Nervosität in Gent, auch wenn er so tat, als sei alles in Ordnung.

„Was schreibt denn die *Badezeitung*?", fragte Frauke. Sie sah, dass ihr Mann das Lokalblatt schon gelesen und beiseite gelegt hatte.

„Das, was wir alle erwartet haben. Und noch ein bisschen mehr", antwortete Gent.

„Du machst mich neugierig", sagte Frauke und köpfte ihr Frühstücksei.

„Sie hat nicht nur die offizielle Pressemitteilung von der Zentrale in Aurich bis auf Punkt und Komma ausgeschlachtet. Sie hat auch neben den Phantomzeichnungen der beiden Tatverdächtigen eigene Thesen zum möglich Mordmotiv hinzugefügt sowie Onnos Lebenslauf brühwarm abgedruckt. Und der hat es in sich. Auf der Insel kennen den nur Insider."

Frauke stutzte: „Was ist denn daran so Besonderes?"

Vor gut neun Jahren ist Onno mal zu einer Bewährungsstrafe verknackt worden. Er unterhielt in Köln seinerzeit ein Etablissement."

„Na und?"

„Nun. Die Frauen, die er dort beschäftigte, waren zum Teil nicht nur minderjährig, sondern sie waren illegal über die Grenze nach Deutschland gekommen. Tschechinnen, Albanerinnen, Mädchen aus Libyen und aus dem Tschad. Höchst kompliziert. Es gab damals einen Prozess, der überall auf dem Festland Aufsehen erregte. Bis hier auf die Insel drang davon allerdings so gut wie nichts vor."

„Und Onno ist da mit einer Bewährungsstrafe davongekommen?", fragte Frauke.

Gent schüttete sich direkt aus dem Tetra-Pack fettarme Milch in den Kaffee, rührte kurz um und nahm einen Schluck.

„Ja. Er hatte Glück. Es mangelte an Beweisen. Sein Kompagnon, ein Türke, musste stattdessen sieben Jahre und drei Monate hinter schwedische Gardinen."

Frauke schürzte die Lippen und rümpfte die Nase: „Und das hat die Mayer-Lübbecke jetzt noch einmal aufgewärmt. So so."

„Ja. Und das wird nicht jedem passen. Seiner Witwe Juliane am wenigsten. Und uns auch nicht."

„Wieso?"

„Vielleicht hatte der Türke ja noch ein Hühnchen mit ihm zu rupfen."

„Der ist doch schon seit fast zwei Jahren wieder auf freiem Fuß."

Gent wischte sich mit dem blanken Handrücken den Mund ab und hob die Kaffeetasse: „Weißt du, Schatz. In der Branche ist alles möglich. Ich glaube zwar auch nicht, dass der Mord an Onno in Verbindung mit dem Kölner Rotlicht-Milieu steht. Aber überprüfen werden wir das sehr wohl. Gerade in unserem Job hat man schon Pferde vor der Apotheke kotzen gesehen."

Gent hatte diesen Satz soeben zu Ende gebracht, da klingelte es an der Tür. Frauke stand auf, richtete sich den Morgenmantel und tapste barfuß zur Haustür. Bis in die Küche hörte Gent die Stimme seines Kollegen Neumann. Der schien einmal mehr übernervös und aufgeregt zu sein.

„Hauptkommissar Faust schickt mich. Ich soll Gent abholen. Um elf Uhr ist große Pressekonferenz im *Conversationshaus*. Es sind schon ganz viele Fernseh- und Radioleute da", erzählte Neumann mit weit aufgerissenen Augen und fast ohne Atem zu holen.

„So trink doch erst einmal einen Kaffee mit uns", bat ihn Frauke, während sie Neumann in die Küche führte.

„Lass' mal", unterbrach sie Gent. Er hatte seine Jacke bereits übergezogen und die Schuhe geschnürt. Mit hochrotem Kopf stand er vor Frauke und Neumann. Leise schnaubend sagte er: „Wir fahren sofort los."

Im Türrahmen quetschte er sich an Frauke vorbei und küsste sie flüchtig auf die Stirn. Neumann folgte ihm. Dann stiegen die beiden Polizisten in den Wagen. Gent übernahm das Steuer und fuhr mit quietschenden Reifen los. Frauke stand an der Haustür und schaute ihnen nach. Sie weinte.

* * *

An der Stirnseite des Kurplatzes, direkt vor dem altehrwürdigen *Conversationshaus*, dort also, wo sonst mondän flaniert und entspannt promeniert wird, wurde an diesem Vormittag eifrig recherchiert. Gleich vier Übertragungswagen von öffentlichen rechtlichen Fernsehanstalten sowie von privaten Anbietern waren in Position gebracht worden, wo vor zwei Monaten noch die Schöner-Leben-Experten von Schloss Gödens exquisites Wohn- und Gartenmobilar sowie jede Menge kulinarische und textile Kostbarkeiten feilgeboten hatten.

Als Carlo Faust und Gent Visser auf den Haupteingang zugingen, fiel ihnen gleich die scheinbar außerordentlich belustigte Trägerin zitronengelber Leggings auf. Sie war etwa Mitte dreißig, trug über den Leggings einen anthrazitfarbenen Rock mit bunten Blumenmustern und silbern glitzernden Applikationen. Sie lachte aus voller Brust. Dies im wahrsten Sinne des Wortes. Ihre Oberweite war beträchtlich, ihr himbeerroter, eng anliegender Rollkragenpullover, der eine nicht unerhebliche Öffnung im oberen Brustbereich aufwies, sog die Blicke ihrer Kollegen geradezu an. In der Tat: Ihre Figur war tadellos, wenngleich sie sich mit ihren extrem hochhackigen Schuhen, die Waden-, Bein- und Gesäßpartie in durchaus mehr als nur aparter Weise betonten, auf dem aufgeweichten Kurplatzrasen etwas unbeholfen bewegte.

„Schau dir die mal an. Die ist unter Garantie vom Fernsehen. Darauf verwette ich alles, was mir lieb und teuer ist", sagte Faust.

„Woran sieht man das?", wollte Visser wissen.

„Wie die gekleidet ist, und vor allem, wie die sich gibt. Die glaubt, sie ist was ganz Besonderes."

Als die Polizisten näher kamen, sahen sie, dass die Fernsehpuppe die *Badezeitung* in der Hand hielt. Die umstehenden TV-Kollegen hörten ihr aufmerksam zu, andere schauten sie nur an, als sie las:

„Gestern rückte die Feuerwehr Norderney zu ihrem 38. Einsatz für dieses Jahr aus. Alarmierung war um 17.35 Uhr. Ausgelöst hatte die automatische Brandmeldeanlage im *Haus Maria am Meer*. Vor Ort konnten die Wehrleute feststellen, dass die Anlage durch Dampf von Bügelarbeiten ausgelöst wurde. Der Brandmelder wurde wieder betriebsbereit geschaltet, sodass die 18 Feuerwehrkameraden mit einem Löschfahrzeug und dem Drehleiterwagen rasch wieder abrücken konnten."

Während sich die TV-Reporterin vor Lachen schüttelte, bohrten sich ihre Absätze zentimetertief in den Rasen. Wie gut, dass Faust schon Tuchfühlung aufgenommen hatte und die Journalistin auffing.

„Schadenfreude ist keine gute Freude, schöne Frau", hauchte Faust der Abgesackten ins Ohr. Die schaute sich verdutzt um, und tapste auf den Schuhspitzen vorsichtig ein paar Schritte zum gepflasterten Weg neben dem Rasen, wo sie wieder Halt fand.

„Danke, junger Mann", gab sie zurück.

„Ich hoffe, die Jungs von der Feuerwehr haben Ihr Lachen nicht gehört", rief Faust dann und lief an den Reportern vorbei über die Treppenstufen ins *Conversationshaus*. Gent wunderte sich. „Eine solch sympathische Reaktion hätte ich dem nicht zugetraut", dachte er.

Im Weißen Saal waren die Tische und Stühle bereits gestellt. Faust nahm in der Mitte der Tischreihe gleich neben dem Auricher Inspektionsleiter Platz, daneben saß der Pressesprecher. Gent, der ursprünglich an der Eingangstür stehenbleiben wollte, wurde vom Inspektionschef ebenfalls an den Tisch beordert. Neben den Fernseh- und Radioreportern waren Vertreter der kompletten ostfriesischen Presse nach Norderney gereist. Schon lange bevor die Pressekonferenz eröffnet wurde, zuckten die Blitzlichter durch den Saal und versuchten die ganz forschen Redakteure, bei Faust, Visser und dem Pressesprecher an erste, möglichst exklusive Informationen heranzukommen. Doch die winkten ab und zeigten sich bereits jetzt, fünfzehn Minuten vor der Konferenz, stark genervt.

In der ersten Reihe saß Karin Mayer-Lübbecke. Unter dem Einfall der Sonnenstrahlen glänzten ihre blonden Locken, die ihr ein betont jugendliches Aussehen verliehen. Hinzu kam, dass ihre fast durchsichtige Haut von hellen Sommersprossen übersät war. Das runde Gesicht hatte die NBZ-Reporterin auf die bunte Umhängetasche gerichtet, die auf dem Boden neben dem Stuhlbein stand. Daraus zog sie nun neben einer Spiegelreflexkamera ein stattliches Teleobjektiv. Dann richteten sich die blauen Augen auf Gent Visser, den sie schon seit fünf Jahren kannte. Sie war gerade 27, als sie nach dem Volontariat in Hannover auf die Insel kam. Gent fungierte damals bereits als Chef der Norderneyer Polizeiwache. Während der Auricher Inspektionschef die Pressekonferenz eröffnete, zog Karin Mayer-Lübbecke sich die Lippen nach. Das schaffte sie ohne Spiegel. Sie hatte Übung darin. Auf der Insel kannte man dieses Ritual schon längst. Vor jeder Rats- und Ausschusssitzung legte sie noch mal rote Farbe auf, und zwar nicht zu knapp.

„Wir wären die Ermittlungen taktisch gerne etwas zurückhaltender angegangen. Doch wegen des Berichts in einem der Lokalblätter von heute sind wir – ich gebe zu: gezwungenermaßen – zu einer etwas transparenteren Vorgehensweise angehalten."

Natürlich wussten alle im Saal, dass der Polizeichef damit den Bericht von Karin Mayer-Lübbecke meinte, die sich darin nahezu minutiös über das Vorleben des Ermordeten Onno Aden ausgelassen hatte. Sie selbst genoss diesen Augenblick in vollen Zügen. Man sah es ihrem nach innen gerichteten Grinsen an. Ihr Hochgefühl musste in dem Moment so ausgeprägt gewesen sein, dass sie entgegen aller sonstigen Gepflogenheiten den Lippenstift erneut hervorholte und dieses Mal sogar einen Spiegel benutzte. Im Saal war es nun mucksmäuschenstill.

Faust schickte der Reporterin ein abfälliges Lächeln zu. Seine Kragenweite war die Reporterin ohnehin nicht. Das hatte er bereits vor der Pressekonferenz Gent gegenüber geäußert, der die beiden miteinander bekannt gemacht hatte. „Die hat einen fetten Arsch", hatte Faust seinem

Insel-Kollegen mit verächtlich gerümpfter Nase ins Ohr geflüstert.

„Also, in der Tat", brummte Faust nun ins Mikrofon. „Wir ermitteln in Sachen Norderney-Mord nun auch noch einmal im Kölner Rotlichtmilieu. Das kann sich jeder denken, der in der Lage ist, bis drei zu zählen. Wichtiger ist uns aber noch eine andere Sache. Und dazu brauchen wir dringend Ihre Unterstützung", appellierte Faust an die Journalisten. Dann las er noch einmal die Personenbeschreibungen der beiden Männer vor, die möglicherweise den Mord verübt hatten und die sich eventuell sogar noch auf der Insel befanden.

„Besonders auffällig ist dieser Mann", begann Faust. „Er ist 40 bis 45 Jahre alt, etwa 1,90 Meter groß und leicht untersetzt. Sein Gesicht ist braungebrannt. Er hat schulterlange glatte, glänzend schwarze Haare. Als er zuletzt gesehen wurde, trug er ein blaues Stirnband mit gelben Karos."

„Hatte er zufällig auch ein Pferd dabei, das auf den Namen Iltschi hört und eine Silberbüchse im Anschlag?", rief die vollbusige TV-Reporterin mit den morastigen Absätzen, die mit verschränkten Armen und lasziv übereinandergeschlagenen Beinen neben Karin Mayer-Lübbecke in der ersten Reihe saß. Durch den Saal ging ein breites Lachen.

Da Fausts Blicke an der Fernsehfrau kleben geblieben waren und ihr Augenaufschlag ihm für einen Moment die Sprache verschlagen hatte, griff Gent ein.

„Hinsichtlich der Ernsthaftigkeit dieser Veranstaltung finde ich Ihre Frage ebenso unpassend wie unseriös. Wenn Sie uns wirklich helfen möchten, dann veröffentlichen Sie bitte diese Personenbeschreibungen und diese Phantombilder hier."

Visser hielt die Zeichnungen in die Höhe und bat den Pressesprecher, neben der aktualisierten Pressemitteilung die Personenbeschreibungen und die Phantomzeichnungen unter den Journalisten zu verteilen.

Als wieder Ruhe eingekehrt war, meldete sich Karin Mayer-Lübbecke zu Wort. „Mal abgesehen davon, dass ich bei dieser Täterbeschreibung auch an eine ganz bestimmte

Figur aus einer Karl-May-Serie denken muss, habe ich da noch eine Frage."

„Bitte sehr", sagte der Auricher Inspektionsleiter und räusperte sich leise hinter vorgehaltener Hand.

„Was ist mit dem privaten Umfeld des Ermordeten? Ich finde, das kommt hier viel zu kurz. Ist es nicht möglich, dass dort – ich meine – dass in dieser Richtung ebenfalls ermittelt werden muss?"

Wieder herrschte absolute Stille im Saal. Alle Reporterkollegen, die von außerhalb kamen, wussten, dass diese Frage einerseits unnötig, andererseits äußerst mutig war. Immerhin lebte Karin Mayer-Lübbecke auf der Insel. Hier kann niemand dem anderen aus dem Weg gehen. 14 Kilometer lang, durchschnittlich zweieinhalb Kilometer breit. Drumherum nur Wasser. Man trifft sich immer wieder. Irgendwann. Irgendwo. Es sei denn, man zieht weg. Aber was ein richtiger Insulaner ist, der bleibt. Und zwar für immer!

Über diese speziellen Begebenheiten dachte Soko-Chef Faust in diesem Moment allerdings nicht nach. Man merkte ihm deutlich an, dass er sich über die Frage ärgerte. Er pumpte seinen kompletten Oberkörper derart auf, dass man meinen konnte, er wolle mit seinen Muskelpaketen seine Hemdknöpfe wegsprengen. Dann sagte er: „Liebe Frau Mayer-Lübcke." Er hatte den Namen der Redakteurin noch nicht ganz ausgesprochen, das spürte er schon den Ellenbogen Gents in den Rippen, der ihm gleichzeitig etwas ins Ohr flüsterte.

„Also. Entschuldigung. Sehr geehrte Frau Mayer-Lübbecke. Dies ist nicht mein erster Mordfall. Und ich habe auch schon etlichen Sokos vorgestanden. Natürlich ermitteln wir auch im privaten Umfeld. Wir sind doch keine Anfänger."

Dann hielt Faust einen Augenblick inne. Er überlegte. Nun streckte er sein Kinn nach vorn, kniff die Augen zusammen und fuhr sich durchs Haar, bevor er wieder ansetzte:

„Ihr Einwand ist bei genauer Betrachtung gar nicht so uninteressant, wie ich finde, Frau Mayer-Lübbecke. Vielleicht wissen Sie ja mehr als wir. Auf Ihren morgigen Zeitungsbericht bin ich jedenfalls schon jetzt sehr gespannt."

KAMPF UMS ÜBERLEBEN

Auf den am Bunkerboden ausgebreiteten Sitzauflagen für die Gartenstühle hatten sich Winnetou und Lübbert am Vorabend schlafen gelegt. Die Flasche Bier war in kürzester Zeit geleert. Da sie so gut wie nichts gegessen und jede Menge Stress hatten, reichten ihnen die wenigen Schlucke, um gleich beschwipst zu sein und die nötige Bettschwere erreicht zu haben. Völlig erschöpft waren sie eingeschlafen.

Als Lübbert wach wurde, kramte er sein Handy aus der Hosentasche, um nach der Uhrzeit zu sehen. 2.54 Uhr. Mitten in der Nacht, dachte er. Sein Hals war trocken, ebenso seine Zunge, die er im Mund kaum drehen konnte. Sein Durst begann ihn ernsthaft zu quälen. Ihm war schlecht. Auch Winnetou war bereits aufgewacht, das hatte Lübbert erst gar nicht bemerkt.

„Hast du auch solchen Durst", krächzte Winnetou.

„Ja. Und Hunger. Ich halte es nicht mehr aus."

Lübbert richtete sich auf und reckte die Arme. Dann drehte er den Lichtschalter an und rieb sich die Augen.

„Wir müssen jetzt was unternehmen", sagte Lübbert.

„Und was?"

„Los, komm mit."

Das Quietschen und Knarzen beim Öffnen der Bunkertür flößte ihnen zwar erneut eine gehörige Portion Angst vor dem Entdecktwerden ein, doch sie waren froh, dass es draußen noch stockdunkel war. Winnetou hatte die Haare wieder unter seinem Basecap versteckt, und auch Lübbert war mit hochgebundenem Halstuch unterwegs, als sie durch die nächtliche Nordhelmstraße schlichen und über den alten Schirrhof in die Oderstraße einbogen. In keinem der Häuser brannte noch Licht, durch kein einziges Fenster fiel der zuckende Schimmer eines Fernsehers. Keine pfeifenden Vögel, keine Autos, keine Fahrräder. Selbst das Meer war kaum zu hören. Das Wasser lief ab. Es war windstill.

Als sie am letzten Haus in der Oderstraße ankamen, stiegen sie über einen kleinen Zaun. Innerhalb weniger Sekunden befanden sie sich auf der rückwärtigen Terrasse. Von dort konnten sie ins Wohnzimmer sehen. Der Mond spendete immer noch ausreichend Licht. Eines der Fenster stand auf Kipp. Im Handumdrehen gelang es Lübbert, das Fenster zu öffnen. Mit einer geschickten Handbewegung schob er die Blume auf der Fensterbank zur Seite.

„Was machst du da?", fragte Winnetou.

„Wie du siehst, entwerfe ich gerade ein neues, hochkomplexes Computerprogramm, du Töffel!", ranzte Lübbert seinen Partner an.

„Aber wenn uns einer erwischt."

„Dann bist du schuld, weil du die Klappe nicht halten kannst."

Winnetou war mittlerweile schneeweiß im Gesicht.

„Muss ich mitkommen?"

„Hast du Hunger, hast du Durst?", fragte Lübbert zurück. Und schon befanden sich die beiden im Wohnzimmer des schmucken Einfamilienhauses an der Norderneyer Oderstraße. Ihr erster Weg führte sie in die Küche. Der Kühlschrank war opulent bestückt. Lübbert und Winnetou strahlten um die Wette. Und jetzt lief alles geradezu vollautomatisch ab;

so, als hätten sie Kücheneinbrüche jahrelang eingeübt. Lübbert griff auf dem Tisch nach zwei rot-weißen Plastiktüten. *Ostfriesischer Kurier* stand drauf. Dann ging alles blitzschnell. Käse, Wurst, Salami, Schinken, Milch, Aquavit, Weizenbier, Senf, Marmelade und Grillwürste füllten Tüte Nummer eins. Jetzt noch die Pulle Sekt, und aus dem Hängeschrank die Tüte mit dem Brot und zwei Kaffeebecher. Aus der Schublade Messer, Gabeln, Suppen- und Dessertlöffel, außerdem von der Ablage Salz und Pfeffer.

„In der Tüte ist noch Platz", flüsterte Lübbert. Prompt griff Winnetou nach der handlichen Kompaktanlage von *Philips*, die auf dem Sideboard stand, zog den Stecker aus der Dose, und lies das Musikgerät vorsichtig in die Tüte gleiten. Eine Taschenlampe legte er noch obendrauf.

„Die können wir beim nächsten Mal sicher gut gebrauchen", flüsterte Winnetou und lächelte zufrieden. Im gleichen Moment erschrak er fast zu Tode. Denn die Tatsache, dass sich die Küchentür wie in Zeitlupe öffnete, konnte nur bedeuten, dass der Hausbewohner wach geworden war und ihnen nun auf die Pelle rückte. „Jetzt sind wir geliefert", dachte Winnetou, „endgültig!"

Auch Lübbert hatte die Situation mittlerweile realisiert und festgestellt, dass sein Herz praktisch zum Stillstand gekommen war. Sie wollten die Tüten schon zu Boden fallen lassen, um besser Reißaus nehmen zu können, da hörten sie das Maunzen der Katze, die die angelehnte Türe aufgestoßen hatte und mit verschlafenen Augen nachschaute, was in der Küche des Hauses denn um diese Zeit noch los sei.

Lübbert begann wieder zu atmen, Winnetou wischte sich den Schweiß von der Stirn. Innerhalb einer halben Minute hatten sie das Haus verlassen, weitere zehn Minuten später saßen sie wieder im Bunker. Als sie es geschafft hatten, atmete Lübbert tief durch: „Endlich daheim."

Schon an diesem Vormittag machte die Sonneninsel ihrem Namen alle Ehre. Keine Wolke am Himmel, 19,5 Grad Celsius bereits um zehn Uhr. Für die Badegäste kündigte sich ein perfekter Tag an. Gleißend und unaufhaltsam übernahm die Sonne das Kommando auf Norderney, als Soko-Chef Faust mit seinem Dienst-Audi von der Jann-Berghaus-Straße nach links in die Winterstraße einbog. Er hatte sich mit Gent Visser darauf verständigt, dass er die schöne Aden-Witwe ein zweites Mal vernimmt, während sich Gent mit dem – wie Faust es formulierte – „Zeilenluder" von der *Badezeitung* traf.

Juliane Aden empfing Faust im Wohnzimmer. Es lag im dritten Stock des Hotelanwesens an der Winterstraße 20. Sie saß auf einer roten Designer-Couch aus Leder. Die elfenbeinfarbenen Kopfstützen waren nach vorn gekippt. Auf dem Glastisch mit den stumpf geschliffenen Rändern stand eine angebrochene Flasche Wasser. Das Blumenbouquet auf der zweitürigen Vitrine aus Buchenholz roch frisch, das nahm der Ermittler im Vorbeigehen deutlich wahr. Er ging direkt auf Juliane Aden zu und streckte ihr die Hand entgegen. Sie reichte ihm ihre Hand prompt, allerdings in der Weise, dass sie sie zum Handkuss anbot. Dies irritierte Faust, der einen solchen Umgang nicht gewöhnt war. Also nahm er die Hand und drückte sie vorsichtig.

„Nehmen Sie Platz", hauchte die Witwe und zeigte auf den Sessel gegenüber. „Was kann ich für Sie tun?"

„Ich weiß nicht, ob Sie die Zeitungen gelesen haben", begann Faust. „Das Vorleben ihres verstorbenen Mannes zwingt uns einige Fragen auf."

„Ich habe die Zeitungen nicht gelesen. Aber man hat mir von dem besagten Artikel berichtet."

Faust wartete. Er wollte, dass Juliane Aden von sich aus erzählte, doch diesen Gefallen tat sie ihm nicht. Stattdessen stand sie auf, lief wortlos aus dem Raum und kam nach wenigen Sekunden mit zwei kleinen Wasserflaschen und zwei Gläsern zurück.

„Ich nehme an, Sie möchten bei der Hitze auch lieber Wasser trinken als Cognac oder sowas. Außerdem sind Sie im Dienst. Ich kann Ihnen aber auch gern einen Kaffee bringen lassen oder Tee", ergänzte sie und strich sich, während sie sich setzte, über den aufreizend eng anliegenden, schwarzen Rock. Natürlich nahm sie die Blicke Fausts sehr genau zur Kenntnis.

„Ich bin gerade dabei, die Sachen für die Beerdigung anzuprobieren", sagte sie dann, während sie die schmalen, dezent geschminkten Lippen aufeinanderpresste und an ihren schlanken Beinen vorbei auf den schneeweißen Berber blickte.

„Ja, danke. Ich nehme gern ein Wasser. Machen Sie sich keine Umstände." Faust wollte zurück zum Thema kommen.

„Also, Frau Aden. Was wissen Sie von der Zeit, die Ihr Mann in Köln verbracht hat?"

„Wir kennen – kannten uns von Kind an. Nach der Schule ging er weg von der Insel. Wir verloren uns aus den Augen. Während dieser Zeit habe ich hier das Hotel meiner Eltern übernommen. Vor neun Jahren tauchte Onno dann plötzlich wieder hier auf. Er sah blendend aus. Wir verliebten uns Hals über Kopf. Eine wunderschöne Zeit begann."

„Was hat ihr Mann Ihnen erzählt?"

„Ich glaube, dass er mir wirklich alles erzählt hat. Er hat mir gegenüber nie einen Hehl daraus gemacht, dass er in Köln über mehrere Jahre einen Club betrieben hat. Auch über den Prozess und über die Vorwürfe wegen der Mädchen aus dem Ausland wusste ich Bescheid."

„Hatte er Angst?"

„Wovor sollte er Angst haben? Meinen Sie den Türken, seinen Geschäftspartner? Nein. Er hatte keine Angst. Zumindest hat er mir gegenüber nie den Eindruck erweckt, dass er noch irgendein Problem mit sich herumschleppt."

Faust trank aus seinem Wasserglas. Gleichzeitig vibrierte das Handy der Frau. Offenbar war es eine SMS. Sie beantwortete sie sofort. Unmittelbar darauf stand sie auf, strich sich mit den Händen erneut über den Rock und schritt auf ihren schwarzen Pumps zur Eckkommode neben dem Fenster. Dort griff sie nach dem *Hennessy* und fragte: „Sie jetzt vielleicht auch?"

Faust schüttelte entschlossen den Kopf. „Nein danke. Bin immer noch im Dienst. Sagen Sie mir doch lieber, ob sich dieser Türke namens Selim Ürkmez, seit er aus dem Knast raus ist, mal hier gemeldet hat oder ob Ihr Mann sich vielleicht mal mit ihm getroffen hat. Hier oder woanders. Vielleicht sogar in Köln."

„Das mag sein. Ich habe davon allerdings nichts mitbekommen. Als mein Mann damals von Köln auf die Insel kam, hatte er viel Geld. Sehr viel Geld. Es ging ihm immer gut. Von daher war es auch für meine Eltern kein Problem, dass er hier einheiratete."

„Bitte bleiben Sie doch noch für einen Augenblick bei der Sache, Frau Aden. Wir kommen so nicht auf den Punkt." Faust ärgerte sich, weil er immer noch keine konkrete Antwort auf seine Fragen erhalten hatte. Juliane Aden verließ allmählich ebenfalls die Geduld. Sie schaute ihn grimmig an. Offensichtlich wurde Faust ihr nun endgültig lästig. Sie stand immer noch an der Kommode, auf der sie sich mit dem Ellbogen etwas unbeholfen abstütze. Dann nahm sie ihr knapp zur Hälfte gefülltes Cognac-Glas und durchschritt den Raum diagonal. Da erst bemerkte Faust, dass die Aden-Witwe ganz offenbar vergessen hatte, den Reißverschluss ihres Rockes ganz nach oben zu ziehen. Faust war grob irritiert. Sein Blick haftete für ein paar Sekunden auf der Tätowierung direkt über dem sonnenbankgebräunten Steißbein der Dame. Als das Telefon klingelte, fuhr der Fahnder zusammen. Juliane Aden schaute aufs Display und ließ es klingeln. Endlich nahm Faust die Vernehmung wieder auf.

„Also, Frau Aden. Letzte Frage: Halten Sie es für möglich, dass sich ihr verstorbener Mann mit dem Türken getroffen hat, um mit ihm eine alte Rechnung zu begleichen? Wie steht es um das Vermögen Ihres Mannes?"

Juliane Aden ging zur Tür. Faust erhob sich, vergrub beide Hände in den Hosentaschen und ging lässig auf die Frau zu. Während diese die Tür öffnete, sagte sie: „Ich halte alles für möglich. Wenn es der Türke tatsächlich war, dann sehen Sie bitte zu, dass Sie ihn so schnell wie möglich hinter Schloss und Riegel kriegen. Alles andere ist mir egal."

Faust lief rot an. Er wusste, dass diese Vernehmung ein absoluter Flop war. Juliane Aden öffnete die Tür nun noch ein

Stück weiter und flüsterte. „So, Herr Kommissar. Und nun lassen Sie mich bitte allein."

Gent Visser und Karin Mayer-Lübbecke wollten sich ebenfalls um zehn Uhr treffen. Gent hatte sie gestern Abend noch angerufen. Auch ihn hatte die furchtlose Frage der Reporterin nach den Ermittlungen im direkten, privaten Umfeld des Ermordeten stutzig gemacht. Und da er und die Journalistin sich seit einigen Jahren kannten und trotz aller dienstlicher Distanziertheit per du waren, wollte er sie bei einer Tasse Kaffee im *Extrablatt* befragen. Gent hatte an einem der Tische vor dem Café Platz genommen – nicht nur wegen des prächtigen Hochsommerwetters, sondern auch, damit sein Gast rauchen durfte. Er hatte seinen Kaffee nahezu ausgetrunken, als Karin Mayer-Lübbecke mit exakt elfminütiger Verspätung um die Ecke kam.

„Sorry. Ich kam nicht vom Schreibtisch weg. Das Telefon klingelt unaufhörlich", sagte sie und zündete sich gleich eine Zigarette an.

„Alles wegen des Mordes?"

„Klar, weswegen sonst?"

„Was wollen die Leute?"

„Manche finden die Berichterstattung gut. Viele loben die Geschichte über das dubiose Leben von Onno Aden auf dem Festland. Andere beschimpfen mich deswegen. Besonders diejenigen, die ihren Namen nicht nennen wollen und mich als ‚Schlampe' und ‚Provinzschreiberin' bezeichnen, gehen mir tierisch auf den Keks."

Die Reporterin sog gierig an der Zigarette und bestellte sich einen Cappuccino und ein Mineralwasser.

„Karin, lass uns gleich zur Sache kommen", sagte Gent. Sollte deine Frage gestern eine Provokation sein oder weißt du etwas aus Onnos Privatleben, das für unsere Ermittlungen interessant sein könnte?"

Karin merkte, wie intensiv Gent auf ihre Zigarette schaute. Sie hielt ihm die Packung hin:

„Möchtest du eine?"

„Nee, danke, habe aufgehört."

„Habe ich auch schon so oft. Als ich dann sechs oder sieben Kilos drauf hatte, bin ich wieder angefangen. So viel Eitelkeit muss sein."

Gent grinste, hielt die Hand auf den Bauch und blickte rüber zum *Conversationshaus*, auf dessen Turm die Norderney-Flagge schlapp am Mast baumelte.

„Wie du siehst, habe auch ich zugelegt. Und zwar nicht zu knapp. Aber im Gegensatz zu dir darf ich nicht mehr anfangen. Mein Hausarzt hat etwas dagegen. Und meine Frau."

Dass ihr Handy klingelte, störte die Redakteurin nicht im Geringsten. Ohne auf das Display zu schauen, nahm sie es vom Tisch und ließ es in ihre Umhängetasche gleiten. Gent beobachtete sie mit leicht nach vorn geneigtem Kopf über den Brillenrand und nahm einen zweiten Anlauf.

„Also, Karin. Was ist deine Vermutung."

Sie nahm einen Schluck Cappuccino.

„Eine direkte Vermutung habe ich nicht. Schon gar keinen Beweis. Ich weiß nur mit Sicherheit, dass es mit der Ehe von Onno und Juliane nicht zum Besten stand. Es ist doch kein Geheimnis, dass sie ihn betrog."

„Weißt du mit wem?"

„Nee. Ich habe nur einmal gesehen, wie sie sich im *Inselkeller* einem Typen an den Hals geschmissen hat. Und neulich hat jemand erzählt, sie habe was mit einer Frau."

Gent zog die Stirn in Falten. „Mit einer Frau?"

„Ja. So wird getuschelt. Was Genaues weiß ich aber auch nicht. Man macht sich halt so seine Gedanken."

„Ist das nicht ein wenig oberflächlich?", fragte Gent.

„Nein. Weibliche Intuition. Auch Onno war alles andere als ein Kind von Traurigkeit. Der hat es doch mit jeder Clubtouristin getrieben, die ihm vor die Flinte lief. Glaubst du, Juliane hat das nicht gewusst?"

„Na und?"

„Was heißt hier ,na und'? Irgendwann war es Juliane zu viel. Wahrscheinlich hasste sie ihn sogar. Sie wollte nicht mehr. Da bin ich mir sicher. Aber was glaubst du, wie kompliziert bei diesen wirtschaftlichen Verhältnissen eine Scheidung gewesen wäre."

„Also du denkst, dass man in dem Fall seitens Juliane die robuste Form der Trennung wählen wollte."

„Es bringt dich sehr wahrscheinlich für den Moment nicht weiter, aber tatsächlich: Ja, das denke ich. Und in diese Richtung ging auch gestern meine Frage."

„Also eine Mischung aus Provokation, Intuition und vager Hypothese."

Karin verzog den Mund, warf den Kopf in den Nacken und schloss, als sei sie beleidigt, für einen Moment die Augen.

„Nenn' es, wie du möchtest", sagte sie dann und fragte: „Nun. Herr Oberkommissar. Kann ich jetzt gehen? Ist die Vernehmung beendet?"

Gent antwortet darauf nicht. Er nickte nur mit dem Kopf, lächelte sie mit süß-säuerlicher Miene an und rief die Bedienung zum Zahlen. Als er sich vom Stuhl erhob, sah er, wie Carlo Faust das Rathaus betrat. Offenbar war seine Vernehmung mit Juliane Aden auch schon beendet. Vor dem Central Café stand Karin Mayer-Lübbecke mit einer Frau. Sie stritten sich heftig.

FESTESSEN

Der Tisch war gedeckt, obwohl die Ordnung ein wenig zu wünschen übrig ließ. Doch in dieser Situation verziehen sich Winnetou und Lübbert gegenseitig alles; vor allem, dass es keinem der beiden auch nur ansatzweise gelang, auf gute Manieren zu achten. Der Hunger hatte sie übermannt.

Während sich Winnetou das zentimeterdick mit Streichkäse beschmierte Brot mit den Fingern hemmungslos in den Mund stopfte und gleichzeitig eine zusammengerollte Scheibe Salami im Senfglas schwenkte, biss Lübbert mit blinder Gier in eine ungegrillte Grillwurst, verdrehte dabei die Augen und öffnete gleich darauf eine Flasche Weizenbier zischend mit den Zähnen. Nach dem ersten Schluck, dem ein explosionsartiger Rülpser folgte, griff er nach dem Marmeladenglas und löffelte es mit dem Suppenlöffel, der gerade so hineinpasste, aus. Nun machte Winnetou sich über den Schinken her. Der würzige Räucherduft stachelte seinen zügellosen Esswillen zusätzlich an. Mit den schmutzigen Fingern pulte er vier handtellergroße Scheiben aus dem Stapel und legte sie auf eine Brotschnitte. Dann fuhr er mit dem

Messer ins Senfglas und stocherte klickernd und klackernd nach dem Inhalt und strich diesen über die Schinkenlage, die, wäre sie ein Mensch gewesen, auf der Stelle in Todesangst verfallen wäre. Zu Recht, wie sich sodann zeigte. Denn nachdem Winnetou mit der Zunge die Reste des Senfs vom Glasgewinde geleckt und den Kaffeebecher auf ein Neues randvoll mit Sekt gefüllt hatte, biss er derart heftig zu, dass der Aufstrich an den Seiten hervorquoll und sogar gegen die Bunkerwand spritzte. Allerdings hätte nicht viel gefehlt und ihm wäre die Luft weggeblieben. Denn er hatte es versäumt, das Etikett auf dem Senfglas zu lesen. *Düsseldorfer*, extra scharf. „Ja, das ist nichts für Weicheier", dachte Lübbert, als er seinen esstechnisch offensichtlich in die Bredouille geratenen Bunker-Kumpel dabei beobachtete, wie er sich mit den schmuddeligen Resten eines ehemals weißen Papiertaschentuchs die Tränen von den hochroten Wangen wischte.

Doch ein echter Indianer kennt keinen Schmerz! Winnetou zog sein Ding durch, stopfte auch den letzten Krümel Brot und den letzten Strich Senf in sich hinein, bevor er seinen Oberkörper im staubigen Gartenstuhl erschöpft nach hinten lehnte und die Augen schloss.

Eine ganze Weile herrschte Stille im Bunker. Endlich erhob sich Lübbert. Er griff nach der Stereoanlage. Er steckte den Stecker in die Dose neben der Eingangstür und stellte einen breiten Blumenkübel aus Ton auf den Kopf. Darauf packte er die Musikanlage und suchte nach einem Sender. Doch es rauschte nur.

„Wir haben hier keinen Empfang", sagte Lübbert und kratzte sich an der Stirn.

„Wenn wir wenigstens eine CD hätten, dann könnten wir Musik hören", sagte Winnetou, der Lübbert die ganze Zeit über betrachtet hatte. Dann stand er auf und räumte die Essensreste vom Tisch in eine der Plastiktüten.

„Hast du Papier und Kugelschreiber?", fragte er in Richtung Lübbert, der mit seiner zwischenzeitlich arg ausgebeulten Anzugshose auf dem Boden kniete und immer noch versuchte, die Musikanlage in Gang zu setzen.

„Wozu brauchst du was zu schreiben?"

„Es gibt noch eine ganze Menge Dinge, die wir hier gebrauchen können. Komm, wir machen einen Einkaufszettel.“

„Einkaufszettel? Der Herr beliebt zu scherzen!“

„Du weißt, was ich meine. Wir schreiben uns auf, was wir hier noch brauchen, um ein paar Tage über die Runden zu kommen. Sobald es dunkel ist, ziehen wir wieder los. Ich habe da drüben ein Haus gesehen, das ist unter Garantie zurzeit unbewohnt.“

„He, Apache. So kenne ich dich ja gar nicht. In dir steckt ja kriminelle Energie.“

„Hör auf zu quatschen. Außerdem ist morgen der 17. Juni. Mein Geburtstag. Auf dein Geschenk bin ich sehr gespannt. Du weißt: Du hast bei mir noch einiges gutzumachen.“

Als Gent Visser das Soko-Büro in der ersten Etage des Norderneyer Rathauses betrat, saß sein Kollege Faust hinter seinem Schreibtisch. Er war allein im Raum. Sein linkes Bein hatte er angewinkelt auf der Tischplatte abgelegt, das andere Bein stützte er an der Kante des Nachbarschreibtischs ab. Sein Blick ging versonnen gegen die weiße Decke. Als Visser das Zimmer betrat, wandte Faust ihm das Gesicht zu.

„He, Herr Kollege“, begrüßte ihn Gent.

„Moin, Herr Visser“, erwiderte Faust.

„Auf Norderney sagt man ‚He!‘, wenn man sich begrüßt. Wir sind hier ja schließlich nicht auf dem Festland“, knurrte Visser, der einen leicht genervten Eindruck hinterließ.

„Sie sollten mal wieder eine Zigarette rauchen. Vielleicht bessert sich dann Ihre Laune“, gab Faust zurück.

„Lassen Sie meine Gesundheit bitte meine Sache sein. Erzählen Sie mir lieber, wie es bei Juliane Aden war.“

Faust nahm das Bein vom Schreibtisch und setzte sich ordnungsgemäß auf seinen Stuhl. Dann grinste er über beide Ohren und sagte: „Die Aden hat ein Arschgeweih!“

Visser glaubte, sich verhört zu haben. Er hatte sich inzwischen auf seinen Drehstuhl gelümmelt und starrte Faust fassungslos an.

„Bitte? Was ist los?“

„Die Aden hat ein Arschgeweih. Sie haben richtig verstanden, Herr Kollege."

Visser hielt für einen Augenblick den Atem an. Er wusste nicht, was er sagen sollte. Hinsichtlich erotischer Abenteuer traute er Faust ja eine ganze Menge zu. Aber dass er mit der Witwe eines Mordopfers drei Tage nach dem Verbrechen und schon während der heißesten Ermittlungsphase auf Tuchfühlung gehen würde; nein, das konnte nicht sein. Visser biss sich nervös auf die Unterlippe und schaute reichlich verunsichert Richtung Faust. Er hatte keine Lust, sich von ihm vorführen zu lassen. Als der aber weiter schwieg und grinste, platzte Visser der Kragen.

„Wenn Sie glauben, mich hier verarschen zu können, dann haben Sie sich geschnitten, Herr Kollege. Auch wenn Sie zurzeit hier auf der Insel mein direkter Vorgesetzter sind, dann sage ich Ihnen, dass ich keinerlei Lust verspüre, mich zum Deppen machen zu lassen."

Vissers Blutdruck stieg. Sein Kopf war hochrot, er atmete schwer. Er riss sich seine Jacke förmlich von den Schultern und warf sie quer durch den Raum Richtung Faust. Dann setzte er seine Schimpftirade fort: „Wenn Sie weiter mit mir zusammenarbeiten und von meinem Hintergrundwissen hier auf der Insel profitieren wollen, dann behandeln Sie mich gefälligst wie einen ebenbürtigen Kollegen. Ihre Arroganz geht mir auf den Sack. Und zwar gewaltig!"

Das hatte gesessen. Langsam erhob Faust sich von seinem Stuhl. Er stand mitten im Zimmer, die Hände brav an der Hosennaht. Mit einem Mal herrschte in dem Raum absolute Stille und eine Atmosphäre, wie man sie nur spürt, wenn kurz zuvor ein schweres Gewitter mit Platzregen und kirschkerngroßen Hagelkörnern einen stattlichen Landstrich erschüttert und gleichzeitig die landwirtschaftliche Frucht eines kompletten Sommers zerstört hat. Visser lehnte sich nun mit dem Rücken gegen die Wand, die zum Flur führte. Er hörte das Tuscheln von Mitarbeitern des Staatsbads und der Stadtverwaltung, die seinen Wutausbruch sicher mitbekommen hatten. Unten vom Kurplatz drangen durch die geöffneten Fenster Stimmen von Passanten in den Raum, außerdem der helle Gesang eines Jugendchors, der sich in der Konzertmuschel versammelt hatte.

„Es tut mir leid, Herr Visser." Fast im Flüsterton entschuldigte sich der Soko-Chef beim Norderneyer Revierleiter. „Ich weiß. Manchmal komme ich ein wenig überheblich rüber. Soll nicht wieder vorkommen. Kommen Sie, ich lade Sie zum Kaffee ein. Dann tauschen wir uns aus. Aber ernsthaft."

Dann reichte er Visser die Hand. Er nahm sie.

Winnetou und Lübbert hatten den Tag mit Schlafen verbracht. Schinken, Käse, Wurst und Senf lagen ihnen schwer im Magen. Sie waren einfach mit zu viel Gier über ihre erste Bunkermahlzeit hergefallen. Als sie aufwachten, froren sie.

„Wir brauchen Decken", sagte Winnetou schnatternd. Er rieb sich die Augen und blies die öligen Strähnen aus der Stirn.

„Schreib' es zu den anderen Sachen auf den Einkaufszettel", schlug Lübbert vor.

In Ermangelung von Tee, Kaffee oder Mineralwasser nahmen beide noch rasch einen Schluck aus der Sektpulle, dann machten sie sich auf den Weg. Der Stadtteil Nordhelm lag in der späten Dämmerung, als sie den Bunker verließen und die Stahltür quietschend zudrückten.

„Wir brauchen Öl oder Fett", bemerkte Lübbert mit Blick auf den Rost an den Türangeln. Winnetou nickte zustimmend. Er wie Lübbert fanden – ohne groß darüber zu reden – dass sie sich mittlerweile wirklich gut ergänzten.

Sie mussten nicht weit laufen, um das Haus zu erreichen, von dem Winnetou gesprochen hatte. Das Gebäude am Alten Schirrhof machte einen gediegenen bis vornehmen Eindruck. Die Rollläden waren heruntergelassen. An der Garage fiel Lübbert eine Seitentür mit Katzenklappe auf. Dass die Tür unverschlossen war, rang beiden ein verständnisloses Kopfschütteln ab. In der Garage harrten sie einen Moment aus und peilten die Lage. In der Tat: keine Geräusche, alles leise. Nichts, was darauf hinwies, dass Bewohner im Haus waren. Ihr Wirken hinterließ zwar einen etwas unbeholfenen Eindruck, aber mit dem Stemmeisen gelang es ihnen schließlich, die Tür zum Haus zu öffnen. Ihr erster Weg führte sie ins Wohnzimmer.

Sofagarnitur, Beleuchtung, Teppiche, Mobiliar: „Luxus pur", hauchte Lübbert, der auf der Stelle feuchte Augen bekam. Dann ließ er sich in den mächtigen Sessel fallen, in dessen nach Rosenöl duftender Lederpolsterung er regelrecht versank. Er lehnte den Kopf nach hinten und drückte einen der zahllosen Knöpfe an der Armlehne; und schon hob es ihm die Beine über den Oberkörper. Wie beim Zahnarzt, dachte er, nur, dass man keine Angst haben muss. Und schon begann eine sanfte Massage, die Lübbert das Gefühl der Schwerelosigkeit vermittelte und wie auf Knopfdruck den kompletten Körper entspannte. Er schloss die Augen und dachte für einen Moment an seine vor der Insolvenz stehende Computerfirma in Aurich. Das Klopfen, Kneten und Flattern der sich nun geräuschlos aufpumpenden Luftkissen an der Wirbelsäule und an den Schultern ließ ihn jedoch schnell wieder all die bösen Gedanken vergessen und süße Träume träumen, zumal sich das Leder nun auch noch erwärmte und irgend ein weiterer Automatismus dieses Paradiessessels Musik zum Erklingen brachte. Da Lübbert sich mit klassischer Musik recht gut auskannte, wusste er, dass es Vivaldi war, der da den „Sommer in g-Moll" aus seinen weltberühmten „Vier Jahreszeiten" zum Besten gab. Weil er vor lauter Wohlgefühl nun nervös wurde, kletterte Lübbert aus dem Sessel heraus und setzte sich aufs Sofa. Auf dem Tisch mit der gewaltigen Steinplatte fiel ihm gleich die Zigarrenkiste auf. *Cohiba Coronas Especiales*, 25 Stück, stand auf dem Holz der Edelschatulle. Natürlich griff Lübbert gleich zu, wenn auch nahezu übertrieben ehrfurchtsvoll und wohl auch deshalb etwas umständlich. „Das ist nichts für Warmduscher", dachte er, als er den ersten Zug an dem rund 15 Zentimeter langen kubanischen Genussbalken nahm und von göttlichem Schwindel befallen wurde. Erst da fiel ihm auf, dass Winnetou das Zimmer verlassen hatte.

Vivaldi hatte sein virtuoses Sommerintermezzo beendet, als Lübbert auf den Flur trat, wo er das Plätschern einer

Dusche vernahm. Und in der Tat. Im Bad – der Architekt hatte sich mit gut 30 Quadratmetern an der Stelle besonders großzügig gezeigt – hatte Winnetou sämtliche Massagedüsen auf volle Kraft gestellt. Mit geschlossenen Augen und wilden Gesten schmetterte er „Purple Rain", während es hinter der filigranen Glaswand nur so dampfte, sprudelte und zischte.

Eine gute Stunde später dachten sie, es sei nun doch an der Zeit, den Heimweg anzutreten. Zuvor hatte Lübbert noch rasch ein Vollbad in der mosaikgefließten Massagewanne genommen, die Zigarre zu Ende geraucht und sich ein paar Gläser Chablis genehmigt. Währenddessen war Winnetou bereits zum praktischen Teil übergegangen. In eine überdimensionale Strandtasche packte er zwei Kaschmirdecken, diverse Duftwässerchen, Haargel, eine Tageszeitung, zwei Sätze Unterwäsche, Schuhcreme, T-Shirts und die Zigarrenkiste. Allzu lange schienen die Hausbesitzer nicht der Insel fernbleiben zu wollen. Das erkannte Winnetou am bis obenhin gefüllten Kühlschrank. Schon während der oberflächlichen Inspektion des Luxuslagers lief ihm das Wasser im Mund zusammen. Lachs, Garnelenspieße, Sushi, Kaviar, Gänseleberpastete, Carpaccio, Trüffel, Parmesanspäne: Die Vorfreude auf seinen bevorstehenden Geburtstag wuchs ins Unendliche. Da im ganzen Haus keine Plastiktüte zu finden war, sah er sich gezwungen, auf eine geräumige Handtasche aus Rindsleder aus dem Hause *Prada* zurückzugreifen. Dort hinein stopfte er rasch all das, was dem Anlass angemessen war, außerdem ließ er noch schnell Salzstreuer, Pfeffermühle, Duftkerzen und Servietten folgen. Das prall gefüllte Portemonnaie wollte er liegen lassen, da fiel ihm ein, dass er noch Kleingeld für Zigaretten brauchte. Kurzerhand nahm er die Geldbörse doch noch zur Hand, suchte sich fünf Euro in Münzen zusammen, legte den Geldbeutel zurück auf den Tisch und verließ zusammen mit dem bereits in der Garage wartenden Lübbert das Haus.

„Warum bist du so außer Atem?", fragte er seinen Kumpel. „Ich war noch eben schnell im Nachbarhaus", sagte Lübbert.

„Was hast du da gemacht?"

„Du musst nicht alles wissen."

Natürlich hatte es in der Luxusvilla nicht an Getränken gefehlt. Kein Wunder also, dass die Laune im Bunker ob der Vorfreude darauf rasch stieg. Zunächst aber labten sich Winnetou und Lübbert an den Getränken, die sie noch vom Hausbesuch des Vortags übrig hatten. Als Lübbert dann mal für kleine Jungs musste, bemerkte er, dass die Stahltür immer noch gefährlich quietschte.

„Sollst nicht leben wie ein Hund", sagte er in Richtung Metallkoloss, nahm die Gänseleberpastete und schmierte einen guten Teil davon mit den Fingern über die Stahlanker und Scharniere. Diese ließen das Fett in der Delikatesse offenbar nicht unbeeindruckt. Schon nach wenigen Sekunden stellten sie das bereits vertraut gewordene Stöhnen und Ächzen ein.

Es war kurz vor dreiundzwanzig Uhr, als Winnetou die Vorbereitungen für die Geburtstagfeier abschloss. Den Tisch hatte er mit Servietten ausgelegt, über die Stühle waren die Kaschmirdecken geschlagen. Auf dem Tisch leuchtete eine rote Duftkerze. Wie gut, dass sie das Porzellan in der Grundausstattung besaßen. Auf den Desserttellern, die er zuvor mithilfe der Decken vom gröbsten Staub befreit hatte, gruppierte er Lachs, Trüffel, Sushi und all die anderen Leckereien. Die Kaffeebecher füllte er mit dem *Moët Chandon Impérial*.

„So gut ging es mir noch nie", sagte Lübbert, als er sich die Reste der Gänseleberpastete vom Finger geleckt, den gedeckten Tisch gesichtet und Platz genommen hatte.

„Fest steht jedenfalls, dass ich all diese leckeren Sachen niemals hätte zu mir nehmen können, wenn wir uns nicht über den Weg gelaufen wären", antwortete Winnetou, und noch während er sprach, schien sich seine Stimmung um 180 Grad zu drehen.

Er warf seinem Gegenüber plötzlich einen äußerst unfreundlichen Blick zu. Dann ergänzte er in dem ihm eigenen Zynismus: „Ja, Lachs, Carpaccio und Champagner vom Feinsten. All das hätte ich nie gehabt, wenn – ja wenn du mir nicht nach Norderney nachgereist wärst und mich zusammengeschlagen hättest."

„Du hast mir also immer noch nicht verziehen?", fragte Lübbert. Er saß ganz still auf seinem Stuhl, seine Augen zuckten nervös. Er schien es ernst zu meinen.

„Ich sage dir noch einmal. Es tut mir wirklich leid. Ich weiß auch, dass wir uns in einer absolut absurden Situation befinden."

„Vielleicht schreibe ich später darüber mal ein Buch", flüsterte Winnetou. Er hatte seinen Kopf mit einer Hand auf der Tischplatte abgestützt, die frisch gewaschenen Haare glänzten endlich wieder seidig-schwarz und fielen locker zur Seite. Mit der anderen Hand nahm er nun den Kaffeebecher und trank einen kräftigen Schluck Champagner. Dann griff er zu den Zigaretten.

„Hast du mal Feuer, ich kann mein Feuerzeug nicht finden?"

Lübbert tastete in seine Hosentasche und kramte eine Schachtel Streichhölzer hervor. Winnetou zog an der Gauloises, dann nahm er den Gesprächsfaden wieder auf: „Ja, genau. Und dann wird das Buch ein Bestseller. Ich werde berühmt und gehe auf große Lesereise durch ganz Deutschland."

„Ich drück dir die Daumen", sagte Lübbert, der sich nun mit spitzen Fingern drei Scheiben Carpaccio nahm und auf seinen Teller fallen ließ. Es folgten Pfeffer, Salz, Zitronensaft, Olivenöl und ein paar Parmesanspäne. Dann nahm er die Gabel, wuchtete sie in den Gourmetklumpen und schob ihn mit geschlossenen Augen zwischen die Zähne. Winnetou ließen die doch reichlich hemdsärmeligen Tischmanieren Lübberts unbeeindruckt. Er nahm die *Norderneyer Badezeitung* zur Hand und las. Dann hielt er die Titelseite dem mit seinem Carpaccio kämpfenden Lübbert hin und sagte: „Ich finde, unsere Personenbeschreibungen treffen hervorragend zu. Und auch die Phantomzeichnungen sind exzellent."

„Ja, da kann man nicht meckern", gurgelte Lübbert mehr, als er sprach.

„Und trotzdem." Winnetou verschränkte die Arme hinter dem Kopf und zog an der Zigarette, die er lässig im Mundwinkel hielt. „Trotzdem werde ich eines Tages die Kurve kriegen."

Dann nahm er die Kippe aus dem Mund und warf sie in die Ecke. Sein wie aus dem Nichts kommender Weinkrampf fuhr Lübbert durch Mark und Bein. Er würgte den letzten Bissen hastig in sich hinein, kniete sich dann neben Winnetou und packte ihn an Arm und Schulter.

„Was ist los, großer Häuptling? Was ist passiert?". Winnetou schüttelte sich, zog eine Serviette vom Tisch und putzte sich damit die Nase. Lübbert wusste nicht, was er tun konnte, außer seinem zusammenbrechenden Kumpel Champagner nachzuschenken und ihm den Becher hinzuhalten.

„Lass man gut sein", schluchzte Winnetou.

Nachdem er sich erneut kräftig geschüttelt und die Haare in den Nacken geworfen hatte, erzählte er Lübbert die Geschichte von seiner Familie, von Lisa, seiner Frau, und den Töchtern Judith und Laura, von seiner Karriere als Professor an der philosophischen Fakultät der Universität in Köln, von seinen Erfolgen in der Forschungsgruppe der Musikwissenschaftler, von seiner Zeit als Frontmann in einer durchaus erfolgreichen Rockband, von der Vorzeigewohnung in Junkersdorf, von den Urlauben in Italien und Spanien, von den Geburten der Kinder, vom Anschaffen des ersten Autos, von Weihnachten, von Ostern und von den Geburtstagen, von den schlicht beispielhaft glücklichen Tagen mit den Kindern und Lisa, die ihm an einem Abend, als er sie zum Essen ausführen wollte, eröffnete, dass die Bauchspeicheldrüse nicht mehr zu retten sei und nun alles blitzschnell gehen werde und sie dieses Leben mit Zuversicht verlasse, weil sie wisse, dass er sich rührend um Laura und Judith kümmern werde.

Als er so sprach, wie an einem Seil, ohne Punkt und Komma, starrte Winnetou gegen die Wand, während Lübbert der Atem stockte, ihm – mehr denn Winnetou selbst – die Tränen über die Wangen rannen. Dann setzte er wieder an, sprach weiter, leise, fast unhörbar, mit gefalteten Händen, die Fingerspitzen an den Lippen und mit geschlossenen Augen. Die Kerze flackerte, der Champagner knisterte im Becher.

Alles, ja, alles sei ihm entglitten, der Schnitt in seinem Leben habe ihn so sehr verletzt, dass er es nicht mehr geschafft habe, mit den simpelsten und trivialsten Dingen klarzukommen. Das Letzte, das er mit Anstand hinter sich gebracht habe, sei Lisas Beerdigung gewesen, von da an habe Alkohol seine Welt regiert. Nicht nur seinen Lehrauftrag habe er innerhalb kürzester Zeit verloren, auch die Kinder – und damit sein ganzes Leben.

Das nachfolgende Schweigen geriet zur schier unerträglichen Kraftprobe. Lübbert kauerte mittlerweile auf dem Boden neben der Schubkarre. Am liebsten hätte er geschrien und gegen die Wand getreten, so sehr hatte ihn die Geschichte Winnetous mitgenommen. Der schien inzwischen wieder gefasst. Nachdem er zwei, drei Mal geschluckt und realisiert hatte, wo er sich befand, kramte er aus der *Prada*-Tasche die nächste Flasche Champagner. Dann nahm er sich eine Zigarette aus der Schachtel und suchte auf dem Tisch nach Lübberts Streichhölzern.

„Es ist schon fünf nach zwölf", hörte er dann Lübbert sagen, der sich wieder aufgerichtet hatte und nun vor seinem Freund stand.

„Wir haben jetzt den 17. Juni. Herzlichen Glückwunsch zum Geburtstag", sagte Lübbert mit leiser Stimme. Winnetou erhob sich, zog die Nase hoch und wischte sich mit dem Handrücken die letzten Tränen auf dem Gesicht. Dann umarmten sie sich.

„Hier ist dein Geschenk", sagte Lübbert schließlich und zog ein mit 36 *Swarovski*-Kristallen besetztes Feuerzeug aus der Hosentasche.

Winnetou zeigte sich sichtlich beeindruckt: „Wo hast du das her?"

„Während du bei unseren Freunden, bei denen wir duschen durften, den Kühlschrank leer geräumt hast, war ich noch schnell im Nachbarhaus, um dort nach dem Rechten zu schauen. Und da ich nicht nur wusste, dass du heute Geburtstag hast, sondern auch, dass dir dein Feuerzeug abhanden gekommen ist, habe ich mich kurzerhand dafür entschieden, dir Ersatz zu besorgen."

Winnetou konnte sich ein Lachen jetzt nicht mehr verkneifen.

„Danke", sagte er, knipste das Feuerzeug an und nahm einen Zug.

„Okay. Dann ist ja alles komplett. Die Feier kann beginnen."

AUSNAHMEZUSTAND
AUF DER INSEL

Eigentlich hatte Gent Visser den Abend zu
Hause bei Frauke verbringen wollen. Er
befand sich schon auf dem Heimweg, als ihm auffiel, dass er
sein Handy vergessen hatte. Also drehte er mit seinem Rad
kurzerhand um und fuhr zurück Richtung Kurplatz. Dass
Faust auf der Bank vor dem Springbrunnen des *Central Cafés* saß, machte ihn stutzig. Er hielt an, während Faust nachdenklich in eine Eiswaffel biss.

„Was ist los, Herr Kollege?"

„Nichts. Gar nichts. Das ist es ja. Das Obduktionsergebnis von Onno Aden ist vor wenigen Minuten eingetrudelt.
Aber es hilft fürs Erste nicht so richtig weiter. Klar ist nur,
dass er mit einem stumpfen Gegenstand erschlagen wurde.
Vermutlich mit einem Stein. Außerdem wissen wir immer
noch nicht, ob der Fundort der Leiche auch der Tatort ist
oder nicht."

„Ist das alles? Was haben unsere Koryphäen von der Spusi
denn noch so auf der Pfanne? Das kann doch wohl nicht

die komplette Auswertung sein." Faust kratzte sich am Kopf und leckte gelangweilt am Eis.

„An Adens Pullover wurden zwei rote Haare gefunden. Vermutlich von seiner Frau. Am Ohr hatte er eine etwas auffälligere Wunde. Womöglich ein Biss."

Gent überlegte einen Augenblick. „Wenn es tatsächlich ein Biss ist, dann könnte uns das weiterhelfen."

„Wie meinen Sie das?"

Gent stellte sein Fahrrad auf den Ständer und drückte den Bolzen ins Schloss. Dann tippte er Faust mit dem Finger auf die Schulter und wies mit dem Kopf zur Terrasse des *Central Cafés* hinüber.

„Wissen Sie was, Herr Kollege Soko-Chef? Ich habe Lust auf ein Bier. Mir ist heute einfach danach. Faust schaute zunächst verdutzt, lächelte dann und erhob sich.

Nach dem dritten Pils auf der dicht besetzten Terrasse lockerten sich die Zungen der Männer mehr und mehr.

„Manchmal ist es einfach besser, dem miefigen Büro den Rücken zu kehren und seinen Arbeitsplatz ins Freie zu verlegen." Faust hatte die Bomberjacke längst abgelegt und schien bester Laune.

In der Tat hatten die Männer sich rasch darauf verständigt, gleich am folgenden Morgen das Obduktionsergebnis noch einmal gemeinsam zu analysieren. Zudem waren sie sich schnell darin einig, dass die Bisswunde am ehesten von einer Frau stammen könne und dass Aden die bereits besessen haben musste, bevor er erschlagen wurde.

Als Faust das vierte Bier bestellte und zusätzlich zwei *Ramazotti*, hatten sie die Tagesabläufe für sich beide bereits ebenso zielgerichtet wie vorschriftsmäßig festgelegt. Sie brauchten DNA-Spuren, außerdem musste Juliane Aden noch einmal in die Mangel genommen werden. Beerdigung hin, Beerdigung her. Auch dem Personal wollten sie ein weiteres Mal auf den Zahn fühlen. Als die schwangere Kellnerin die Getränke brachte, war es nicht mehr weit bis zu dem Punkt, an dem die Männer beschlossen, sich fortan zu duzen und damit gleichzeitig eine lange, feucht-fröhliche Nacht einzuläuten. Dass der folgende Arbeitstag all das, was sie bis hierher beschlossen hatten, über den Haufen werfen würde, konnten sie bis dahin noch nicht ahnen. Jedenfalls würden die folgenden Stunden das Leben auf der Insel noch einmal auf höchst dramatische Weise verändern.

KATERSTIMMUNG

Gerriet Fuhrmann kam mit seiner Körpergroße über 1,70 Meter nicht hinaus. Er war zierlich gebaut, trotzdem von sportlicher Statur. In seinem schmalen Gesicht fielen die spitze Nase und besonders die blauen Augen auf. Hervor stach auch die Blässe seiner durchsichtigen Haut, die er schon seit Jahren durch den Verzehr von Karotten bekämpfte – allerdings erfolglos. Besonders betont wurde die Bleichheit durch die pechschwarzen Haare, die Gerriet seit einigen Jahren konsequent nachfärbte, nachdem sich die ersten Anzeichen des Älterwerdens vorsichtig wie hinterlistig an den Schläfen gezeigt hatten. Seine Berufskollegen von der Insel-Spedition hatten ihm vor zwei Monaten zum 45. Geburtstag nicht nur einen Gutschein über 100 Euro für den Thalasso-Badetempel am Kurplatz geschenkt, sondern als Anspielung auf seine Blässe auch einen halben Zentner Karotten, die sie ihm zur Geburtstagsfeier mit dem Gabelstapler auf einer Euro-Palette in Plastiksäcken verschweißt vor die Haustür packten.

Gerriet war der Sohn des Leuchtturmwärters, eines alten Mannes, der in einem kleinen, einsamen Haus im Osten der

Insel unweit des Norderneyer Wahrzeichens lebte. Dem war am Morgen aufgefallen, dass die Tür zu den 252 Stufen offen stand; ein Umstand, der in all den 47 Jahren, in denen er die Verantwortung für *seinen Leuchtturm* trug, noch nie eingetreten war. Der Bitte seines alten Herrn, mal eben hinaufzuklettern und nach dem Rechten zu sehen, kam Gerriet nur zögerlich nach. Immerhin hatte er den Speditionslaster ordentlich gefüllt, bis 14 Uhr musste die Ladung auf der Insel verteilt sein.

Nachdem er die Tür und den Eingangsbereich gründlich inspiziert und keinerlei Auffälligkeiten vorgefunden hatte, nahm er die ersten Stufen. Da er sich heute etwas schlapp fühlte und sein Magen nicht ganz in Ordnung zu sein schien, beschloss er, trotz des Zeitdrucks in der Firma nichts zu überstürzen. Schließlich sollte es ihm nicht so gehen, wie dem Feriengast aus Süddeutschland, der vor einigen Jahren mit seinem Enkelkind den Turm bestiegen hatte und kurz nach der Ankunft auf der Plattform tot umgefallen war. Also versuchte er, einen auf diesen Morgen speziell abgestimmten Aufstiegsrhythmus zu erlangen, der ihn und seinen Kreislauf sicher nach oben führte.

Am ersten Fenster legte er eine kleine Pause ein. Von dort aus hatte man bereits einen famosen Blick über die komplette Insel und auf das Festland. Natürlich konnte man bei gutem Wetter auch die Nachbarinseln sehen, manchmal sogar Helgoland. Der Blick über die bizarre Dünenlandschaft Richtung Ostspitze mit dem legendären *Schiffswrack* aus den Sechzigerjahren erinnerte ihn an seinen letzten Fußmarsch in die pittoreske Einsamkeit der Insel. Es war ein Tag, an dem er allein sein wollte. Er musste zu sich selbst finden. Stille hören. Regelrecht abseitige Wünsche fern eines Alltags, der an ihm nagte, sich in die Seele hineinbohrte und sie zu fressen drohte wie ein Geschwür. Sehnsucht nach Entfernung, nach Weite, nach Aufräumen. Ein Stück innere Reinigung. Sich selbst bewusst erleben. Ja, das war sein Ziel. Dass die Dünenlandschaft zunächst so unwirklich auf ihn wirkte, empfand er als Vorbote eines unvergesslichen Erlebnisses. Da nahm er kaum noch wahr, dass in den Dünentälern der

Blick zum Meer abhanden gekommen war. Die Rast an der alten Möwenbake gestattete ihm nicht nur Erholung, sondern auch einen Blick in seine Seele. Ein mächtiger Knall riss Gerriet aus seinem Tagtraum. Das martialische Geräusch musste von unten kommen. Er erschrak und fühlte, wie sein Herz in der Brust pochte.

„Vater, bist du es?", rief er mit zitternder Stimme. Doch eine Antwort blieb aus. Gleichzeitig zogen Wolken auf. In Sekundenschnelle verdunkelte sich der Himmel und der Wind nahm mächtig Fahrt auf. „Sicher ist nur die Tür durch einen Luftzug zugeschlagen worden", überlegte Gerriet und schaute nach, ob er sein Handy dabei hatte. Auch auf den weiteren Stufen Richtung Leuchtturmspitze krallte sich dennoch ein ungutes Gefühl in Gerriet Fuhrmann fest. Er konnte sich dieses Gefühl nicht erklären, wo er den *Leuchtturm* in seinem Leben doch bereits unzählige Male bestiegen hatte – auch allein. Doch je höher er stieg, desto sorgenvoller blickte er nach unten. Ob ihm jemand folgte?

Als Gent am anderen Morgen aufwachte, fand er sich auf dem Sofa wieder. Es war bereits hell, und draußen wehte ein ordentlicher Nordwest. Die Tatsache, dass die Pendeluhr neben dem Leuchtturmmotiv von *Ole West* kurz nach Sieben anzeigte, beruhigte ihn ungemein. Er hatte also nicht verschlafen und konnte pünktlich zum Dienst erscheinen. Die Weckfunktion seines Handys hatte er auf 6.30 Uhr gestellt; doch die schien er überhört zu haben. Als er sich darüber klar wurde, dass er gestern Abend gemeinsam mit Faust gewaltig über die Stränge geschlagen hatte, empfand er tiefe Reue. Auf der Stelle begann sein Gewissen an ihm zu nagen, bei näherer Betrachtung der Dinge schämte er sich sogar für sein Verhalten; besonders vor Frauke, die sich doch so viele Sorgen um ihn machte und wirklich alles dafür tat, damit es ihm gut ging. Das schlechte Gewissen war in diesen Momenten des Aufwachens sogar noch stärker als die Kopfschmerzen, die ihn nun überfallartig in Beschlag nahmen. Und auch das Gluckern, Knurren und Murmeln in seinem Magen war nichts gegen die Gewissensbisse, die sich in sein schuldgeschütteltes Hirn hineinbohrten wie eine Schraube in ein Kantholz. Einmal abgesehen davon, dass er nicht mehr wusste, wie viele Biere und Ramazotti durch die Kehle geflossen waren, machten sich vom Magen her und auf der pelzigen Zunge eindeutige Indizien dafür breit, dass er geraucht hatte. Als er dann die Schachtel Marlboro neben sich auf dem Wohnzimmertisch sah, schloss er die Augen. Während sich sein Wunsch, jetzt nichts mehr denken zu müssen und stattdessen geräuschlos im Erdboden zu versinken, verfestigte, klopfte es vorsichtig an der Tür.

„Na, Süßer. Gut geschlafen?"

Frauke war bereits angezogen und geschminkt, und aus dem Flur brachte sie den Duft von Brötchen und Kaffee mit in den miefigen Raum. Gent hielt die Augen geschlossen. Erst nach einigen Sekunden, als er Fraukes Hand auf der Wange und Stirn spürte, wagte er es, ein Auge zu öffnen und seine Frau anzublinzeln. Frauke lächelte ihn an und küsste ihn auf die Wange. Als Gent seinen Hundeblick aufsetzte, der dieses Mal jedoch keineswegs inszeniert wirkte, sagte sie: „Komm, mein Schatz. Wir frühstücken jetzt in aller Ruhe. Und dann nimmst du dein Rad und fährst ganz vorsichtig zur Arbeit."

„Bist du mir böse?", murmelte Gent.

„Wie könnte ich dir böse sein, Gent?"

„Wie meinst du das?"

„Danke für die Rosen, die du mir in der vergangenen Nacht vors Bett gelegt hast und in die ich prompt hineingetreten bin, als dein Schnarchen das Haus erschütterte. Ich vermute, du hast die Blumen bei den Nachbarn am Spalier geklaut. Hoffentlich hat dich keiner gesehen; sonst kriegst du es am Ende noch mit der Polizei zu tun."

Gent fasste sich an den Kopf, Frauke presste die Lippen zusammen und lächelte. Dann sagte sie: „Du bist süß. Ich bin dir nicht böse. Ich kann dir gar nicht böse sein. Ich weiß ja, dass du dich wirklich bessern willst."

Jetzt lächelte auch Gent – wenn auch ziemlich verlegen – und brummte: „Frauke, ich liebe dich."

„Wir sind nur Gast auf Erden, und wandern ohne Ruh, mit mancherlei Beschwerden, der ewigen Heimat zu." Recht unambitioniert und bleiern klang der Gesang der wenigen Trauergäste, die Onno Aden die letzte Ehre erwiesen. Nicht mehr als fünfzig Bekannte, Offizielle und Familienangehörige waren zum Friedhof an die Jann-Berghaus-Straße gekommen, wo der katholische Pfarrer, der extra vom Festland angereist war, die Formalitäten des Begräbnisses ebenso geschäftsmäßig nüchtern wie souverän abwickelte. Trotz des verhangenen Himmels und etlicher regelrecht professionell den Augendrüsen abgerungener Tränen war die Parade der Sonnenbrillen das auffälligste Merkmal dieser Veranstaltung.

Zwar hätte Faust ohnehin ein getöntes Spekuliereisen aufgesetzt; doch gerade heute kam es ihm besonders entgegen, dass er seine Augen verdecken konnte. Die nämlich hinterließen zu dieser frühen Vormittagsstunde noch einen reichlich gläsernen wie geröteten – kurzum: versoffenen Eindruck. Er beobachtete die Szenerie aus der Ferne. Von der Begrenzungsmauer aus hatte er die Trauergäste und das ausgehobene Grab gut im Blick.

Besonders gefasst verhielt sich die Witwe. Sie verzog nicht eine Miene und entließ nicht einen einzigen Schluchzer. Unverrückbar aufrecht und stolz wie eine schwarze Madonna stand sie vor dem eichenen Sarg auf dem Norderneyer Gottesacker. Stattdessen fiel ihre Kleidung auf, die man durchaus – gemessen am Anlass – als gewagt bezeichnen konnte. Juliane Aden trug einen schwarzen Hut mit seitlicher Krempe und Netzschleier, ein zwar bis zum Hals geknöpftes Oberteil, dafür aber einen Rock, der den Blick bis auf die untere Oberschenkelpartie mit den schwarz gepunkteten Seidenstrümpfen großzügig freigab, dazu Pumps mit unverschämt hohen Absätzen. Spontan musste Faust an die Tätowierung Julianes denken, während er sich gleichzeitig die Frage stellte, ob sie den Reißverschluss denn dieses Mal wohl verschlossen habe.

Dann fiel sein Blick auf ein älteres Paar. Dabei handelte es sich um Julianes Eltern, die links und rechts neben ihr standen und vor sich hin starrten. Sie hatten sogar auf Sonnenbrillen verzichtet, sodass ihren Gesichtsausdrücken Gleichgültigkeit, Langeweile und Apathie deutlich anzusehen war. Überhaupt: Die Verwandtschaft war spärlich angereist, ein älterer Bruder des Verstorbenen vom Festland war zugegen, außerdem lediglich zwei Tanten mütterlicherseits. In gebührendem Abstand hatten sich die engsten Hotelangestellten versammelt: Paul Stiegel, der hochaufgeschossene Rezeptionist, Nicole Philipps, Auszubildende zur Hotelfachfrau, ebenfalls ganz in Schwarz, die ihre langen blonden Haare kunstvoll zu einem Zopf gebunden hatte, und Arno Breuer, der Hausmeister. Auch er erschien korrekt gekleidet, wenngleich seine Krawatte recht schlampig gebunden schien. Vor dem finalen Segen durch den Pastor rang sich der Vorsitzende des örtlichen Hotel- und Gaststättenverbands noch zu einer Grabrede durch. Der Mittvierziger mit dem streng zurückgekämmten, bereits etwas schütteren dunklen Haupthaar lobte das Engagement Adens und dessen unermüdlichen, selbstlosen Einsatz für die Gastronomie auf der Insel. Besonders hob er sein bescheidenes Auftreten in der Öffentlichkeit und den Einsatz für touristische Belange hervor. Ob das Räuspern einiger Trauergäste eine Reaktion auf den Inhalt der Grabrede war oder ob es dem aufkommenden Wind geschuldet war, konnte Faust, dem aufgrund der Sause vom Vorabend immer noch speiübel war, nicht genau ergründen. Während der Soko-Chef jedenfalls keine verdächtigen Personen oder Handlungen ausmachen konnte, kam er abschließend dennoch in den Genuss eines bei einer Beerdigung eher seltenen Ereignisses: Noch während der Pfarrer den Segen sprach, nahm eine besonders heftige Windöe Besitz von Julianes Hut. Die Kopfbedeckung wirbelte samt Schleier durch die Luft, ehe sie in hohem Bogen ins Grab des Ermordeten schwebte und auf dem opulenten Blumenbouquet des Sarges liegen blieb. Eine filmreife Szene. *Audrey Hepburn* hätte ihre Freude daran gehabt. Die Fassungslosigkeit der Gäste ob der Skurrilität des Augenblicks entlud sich unterdessen in einem lang anhaltenden Raunen. Während Juliane Aden, die den Abflug ihres Hutes ungerührt hingenommen hatte, wenige Sekunden später ans Grab ihres Mannes trat, um sich nun endgültig von ihm zu verabschieden, vibrierte Fausts Handy in der Hosentasche. „Du musst sofort zum Leuchtturm kommen. Die Sache eskaliert. Gruß Gent."

Winnetou und Lübbert hatten sich von der Geburtstagsfeier recht gut erholt. Die neuen Kaschmirdecken waren ein Volltreffer; sie hatten ihnen ausreichend Wärme und Behaglichkeit für einen erholsamen Schlaf gespendet. Außerdem waren sie bereits um kurz nach zwei eingeschlummert, sodass sich der Genuss von Alkohol arg in Grenzen hielt. Zwar waren vom Vorabend noch jede Menge Delikatessen vorhanden, aber in Sachen Frühstück verfestigte sich der Wunsch nach knackigen Brötchen mit Marmelade und einem weich gekochten Ei.

Sie waren sich darüber im Klaren, dass sie nun ein besonders hohes Risiko eingehen würden; aber nachdem sie aufgeräumt hatten, zogen sie sich die neuen T-Shirts über. Winnetou band sich in gewohnter Manier die Haare zurück und zog sein Basecap auf. Lübbert wickelte das Halstuch wieder bis über die Augenbrauen um die Stirn – dann zogen sie los. Während ganz in der Nähe die Martinshörner scheinbar zahlloser Einsatzfahrzeuge von Polizei, Feuerwehr und Promedica die Aufmerksamkeit von Gästen und Inselbewohner auf sich zogen, waren Winnetou und Lübbert bereits durch den Garageneingang in der ihnen bereits bestens vertrauten Wohnung am Alten Schirrhof verschwunden.

„Die rasen alle Richtung Leuchtturm, sicher ist dort was Schlimmes passiert", sagte Lübbert, der am Küchentisch Platz genommen hatte. Aus dem Portemonnaie nahm Winnetou gleichzeitig ein Zwei-Euro-Stück.

„Das müsste für vier Brötchen eigentlich reichen", sagte er. Bevor er sich auf den Weg in die Bäckerei um die Ecke machte, nahm er aus dem Kleiderschrank eine Jeans, die perfekt passte. Das traf auch für die Sneaker zu, die er im Schuhschrank fand. Dann putzte er sich noch schnell die Zähne und lief los.

„Sei bloß vorsichtig", rief Lübbert ihm mit besorgter Miene nach.

Als Winnetou nach gut zehn Minuten mit den Brötchen zurückkehrte, war der Tisch bereits gedeckt. Lübbert hatte vier Eier gekocht, außerdem eine Kanne Kaffee. Marmelade, Wurst und Schinken waren ebenso bereitgestellt wie Salz, Butter und Tomaten. Auch das geklaute Radio lief. Just in dem Moment, als Winnetou den Raum mit breitem Lächeln betrat, verlas der Moderator des lokalen Insel-Senders die Nachrichten. Im Mittelpunkt stand neben einer Kneipenschlägerei das neuerliche Auslösen einer automatischen Brandmeldeanlage. Dieses Mal war eine Wohnung im Gebäudetrakt des Badehauses betroffen, wo ein Toaster eine Scheibe Brot bis zur Unkenntlichkeit verkokelt hatte. Der unvermeidliche Rauch war zur Decke gestiegen und hatte das sensible Gerät auf diese Weise in Alarmzustand versetzt. Auch dieses Mal konnte die mit 26 Kameraden sowie mit der Drehleiter angerückte Wehr unverrichteter Dinge den Rückweg antreten.

„Scheint ja ansonsten relativ ruhig zu sein auf der Insel im Moment", flachste Lübbert und biss herzhaft in sein dick mit Erdbeermarmelade bestrichenes Frühstücksbrötchen.

„Dann frage ich mich, warum alle die Feuerwehr- und Polizeiautos in Richtung Insel-Osten rasen", antwortete Winnetou, als der Radiosprecher das Programm unterbrach.

„Verehrte Zuhörinnen und Zuhörer von Radio SWS. Wir unterbrechen unsere Sendung für eine Eilmeldung. Nach unseren Informationen hat sich am Morgen am Leuchtturm von Norderney ein tragischer Unglücksfall ereignet. Alle Rettungskräfte der Insel befinden sich in diesen Minuten auf dem Weg zum Einsatzort. Über die genauen Umstände ist noch nichts bekannt. Wir informieren Sie selbstverständlich, sobald wir Näheres erfahren."

„Ist ja wie in der Großstadt hier", lästerte Lübbert weiter.

Winnetou fand das weniger lustig. Zwar genoss auch er das Frühstück und vor allem den Kaffee, der ihm in den vergangenen beiden Tagen so sehr gefehlt hatte. Dennoch sah man ihm an, dass er wieder nachdenklich wurde.

„Was ist los, großer Apache?", fragte Lübbert.

Winnetou schluckte den letzten Bissen seines Brötchens hinunter und antwortete: „Ich denke, wir sollten uns stellen. Überleg mal. Wir haben doch keine Chance. Wir kommen niemals ungesehen von der Insel runter."

„Junge, nun schieb mal keine Panik." Lübbert war vom Stuhl aufgestanden und hatte die Rollläden am Küchenfenster einen Spalt breit hochgezogen. Dann bückte er sich und linste durch den Schlitz in der Hoffnung, vielleicht bereits ein zurückfahrendes Einsatzfahrzeug zu sehen.

Endlich drehte er sich wieder Winnetou zu und sagte: „Natürlich hast du recht. Aber ich will mich nicht stellen. Zumindest noch nicht. Ich habe Angst davor. Außerdem: Im Moment geht es uns ja noch gut."

Winnetou schwieg. Er hörte im Radio Roman Lobs „Standing Still" und blickte verträumt Richtung Kühlschrank. Lübbert trat auf ihn zu. Er zwinkerte ihn an. „Weißt du was", sagte er dann. „Wir schauen uns hier jetzt noch einmal gründlich um, decken uns für die nächsten Tage mit leckerem Essen und Getränken ein und genießen die Zeit. Heute Abend machen wir es uns im Bunker wieder gemütlich. Ich schneide dir die Haare, du färbst mir meine Borsten und vor allem die Augenbrauen. Dann setzen wir uns einen Hut auf und gehen morgen mal fein aus."

Winnetou entfuhr nun ein lautes Lachen. „Lübbert. Du bist wahnsinnig. Aber okay. Wahrscheinlich hast du wirklich recht."

„Siehste", entgegnete Lübbert zufrieden. „So will ich dich hören, großer Häuptling. Außerdem beginnt morgen auf dem Kurplatz das Weinfest. Das sollten wir uns nicht entgehen lassen."

Als Faust die letzte Stufe auf dem Weg zur Leuchtturmspitze genommen hatte, fühlte er sich so erschöpft wie noch nie in seinem Leben. Aus seinem Mund kamen merkwürdige Pfeiftöne, seine Lunge schmerzte. Obwohl er ein geübter

Langstreckenläufer war und regelmäßig im Auricher Fitness-center Sport trieb, brachte ihn die Leuchtturmbesteigung an diesem Morgen an den Rand seiner Leistungsfähigkeit. Nicht anders ging es Gent Visser. Der saß auf der Plattform neben Gerriet Fuhrmann, dem Sohn des Leuchtturmwärters. Beide waren kreidebleich und atmeten schwer. Die Leiche, die vor ihnen lag, war bereits steif. Die Wunde am Hals stammte mit hundertprozentiger Sicherheit von einem Messer, das zielge-richtet angesetzt worden war, überlegte Faust.

„Ist das nicht die vorlaute Reporterin von neulich?", fragte Faust, als er wieder in der Lage war zu reden.

Gent nickte. „Ja. Das ist Karin Mayer-Lübbecke, Redak-teurin der *Norderneyer Badezeitung.*

Visser wandte sich dem Leuchtturmwärtersohn zu, der wie ein Häufchen Elend am Eisengeländer kauerte und fror.

„Du kannst jetzt gehen, bevor die Leute von der Spusi kommen und es hier oben so richtig eng wird, Gerriet. Du musst aber damit rechnen, dass wir dich heute noch verneh-men. Halte dich bitte bereit."

Fuhrmann rappelte sich auf. Die ersten dreißig, vierzig Stufen hielt er sich mit beiden Händen am Geländer fest. Erst danach wagte er es, mit zitternden Knien seinen ver-trauten Abstiegsrhythmus aufzunehmen. Unten erwarte-te ihn sein Vater. Der hatte ihm gerade anerkennend und tröstend auf die Schulter klopfen wollen, da entließ Gerriet seinen Mageninhalt in zwei kräftigen, krampfartigen Zügen auf den Stufen vor dem Turmeingang.

„Das ist aber kein netter Empfang", witzelte ein Polizei-beamter in Zivil, der zur gleichen Zeit gemeinsam mit drei Männern und einer Frau, alle ausgestattet mit Alu-Koffern und schusssicheren Westen, den Eingangsbereich betrat. Dort schaute sich der Polizist irritiert um.

„Ach so. Die Leiche ist tatsächlich oben. Ganz oben?"

Gerriet blickte zurück und nahm den Spusi-Mann ins Vi-sier. Dann sagte er: „Ja. Es tut mir schrecklich leid. Ganz oben. Aber keine Sorge. Verlaufen hat sich bislang noch niemand!"

Gut eine halbe Stunde später verließen Visser und Faust

den Tatort. Die Kollegen von der Norderneyer Polizeistation hatten den Bereich um den *Leuchtturm* mit rot-weißem Trassierband großzügig abgesperrt. Das galt sowohl für die Urlauber, die sich am Vormittag bereits im Osten der Insel aufhielten, als auch für die wenigen Einheimischen, die in dieser Gegend wohnten oder dort gerade etwas zu tun hatten. Ansonsten war die Sicherheitslage nun extrem angespannt, was sich darin äußerte, dass die Straße Richtung *Leuchtturm* bereits an der Kreuzung *Weiße Düne* abgeriegelt wurde. Dort hatte die Feuerwehr ein Löschfahrzeug quer gestellt und vier Kameraden postiert. Zusammen mit zwei Insel-Polizisten passten sie auf, dass über diese Straße kein Auto in den leisen Teil Norderneys fahren konnte.

Trotzdem war es nicht zu verhindern, dass die lokalen Pressevertreter vordrangen. Sie standen vor dem *Leuchtturm* am Absperrband, fotografierten das Norderneyer Wahrzeichen, den Leichenwagen und die Polizeiautos; mehr war momentan nicht zu holen.

Als Faust und Visser zu ihren Wagen liefen, traten die Lokalreporter dann sogar vor die Absperrung. Der Kollege vom *Ostfriesischen Kurier* ging gezielt auf Visser zu, weil er ihn wesentlich besser kannte als den Soko-Chef. Der Reporter des lokalen *Sturmwellensenders* folgte ihm und hielt Visser ein Mikrofon vor den Mund.

„Wir sind live drauf", sagte er, da hob Visser zur Überraschung der Reporter mit einer Erklärung an, ohne, dass sie eine Frage gestellt hatten.

„Also, Leute. Ist ja klar, dass am Nachmittag noch eine Pressekonferenz stattfinden und die ganze Insel dann wieder voller Medienleute sein wird. Aber für euch vorab Folgendes: Mit höchster Wahrscheinlichkeit haben wir es hier mit einem weiteren Mordfall zu tun. Dort oben auf dem *Leuchtturm* ist am Morgen die Leiche von Karin gefunden worden. Karin Mayer-Lübbecke, Ihre Kollegin von der *Badezeitung*. Über die näheren Umstände wissen wir noch nichts. Die Spurensicherung ist bei der Arbeit."

„Wie ist das passiert?", wollte der Kurier-Reporter wissen.

„Wenn wir das wüssten…", antwortete Visser gedehnt und

schaute rauf zum *Leuchtturm*. Auch ihm war das Ereignis auf den Magen geschlagen. Das konnte ihm nicht egal sein. Besonders persönlich. Dafür kannte er die Journalistin nun doch schon zu lange.

„Ich meine: Auf welche Weise ist sie umgebracht worden?", hakte der Kurier-Mann nach.

„Wissen wir nicht", gab Visser nun lapidar zurück. „In der Pressekonferenz werden Sie Näheres erfahren."

Bevor Visser sich abwendete, warf er Habbo Eilers, der aschfahl im Gesicht war und der auf seinen staksigen Beinen hin- und herzuschwanken schien, einen Blick zu und bestellte ihn mit einer gezielten Kopfbewegung zu sich. Er wusste, dass Habbo mit der Ermordeten nicht nur in der Zeitungsredaktion zusammenarbeitete, sondern auch, dass sie befreundet waren.

„Habbo. Wann hast du sie zuletzt gesehen?"

„Gestern Abend. Gegen zehn."

„Kannst du mir mehr sagen?", fragte er leise. Visser merkte, dass sich der Blick des jungen Reporters immer mehr verlor.

„Sie war bei mir. Wir saßen auf der Couch. Ihr Handy klingelte. Sie stand auf…."

Habbo Eilers brachte diesen Satz nicht mehr zu Ende. Er verdrehte die Augen, schnaufte einmal schwer und sackte in sich zusammen. Es gelang Visser gerade noch, ihn aufzufangen. Die Rettungsassistenten von Promedica schienen den Zusammenbruch beobachtet zu haben. Sie kümmerten sich sofort um Habbo.

Als Visser im Soko-Büro am Kurplatz eintraf, fand er Carlo Faust mit hochrotem Kopf vor. Er hielt den Telefonhörer ans Ohr und hatte die Augen geschlossen. Als er bemerkte, dass Visser eintrat, stellte er das Telefon auf Mithören.

„Das ist nun eine neue Dimension, Herr Faust", vernahm er eine schneidende Stimme am anderen Ende der Leitung. Visser benötigte ein paar Sätze, um festzustellen, dass es sich da um Hanno Bayer handelte, den Inspektionschef aus Aurich.

„Die Soko wird ab sofort auf 16 Leute erhöht. Die Kollegen sind bereits in Marsch gesetzt. Besorgen Sie entsprechende Räume. Wir müssen davon ausgehen, dass der Mörder sich noch auf der Insel befindet."

Faust holte Luft, um seinem Vorgesetzten zu antworten, und da hob der erneut an: „Im LKA wird unsere Arbeit sehr genau verfolgt. Ich stehe in ständigem Mail-Kontakt mit Hannover. Ich bin angehalten, alle Details zu melden. Diese Morde hier sind nicht in Pusemuckelsdorf passiert, sondern auf Norderney. Das ist – wie Sie wissen – die Insel, auf der früher Könige und Kaiser ihre Urlaube verbracht haben und heutzutage Bundespräsidenten und Minister. So etwas stachelt die Geilheit der Medien ungeheuer an, Herr Kollege", zischte Bayer. „Und noch etwas, Faust. Die Angst der Insulaner wird immer größer. Morgen und übermorgen fällt die Schule aus. Die Eltern halten ihre Kinder zu Hause. Das alles wird in den nächsten Tagen bundesweit thematisiert. Tun Sie was, Faust!"

Faust verdrehte die Augen und schluckte. Warum, wusste er nicht: Aber er hatte sich an diesem Morgen ungeheuer gut im Griff. Visser nahm sich aus Fausts Schachtel eine Zigarette.

„Wir tun alles, was wir tun können, Herr Bayer", sagte Faust nach einigen Sekunden knisternder Stille und ergänzte: „Ich halte Sie selbstverständlich auf dem Laufenden."

Ein Blick aus dem Fenster verriet dem Soko-Chef, was in den folgenden Tagen auf ihn und sein Team zukommen würde. Die Übertragungswagen regionaler und überregionaler Fernsehsender bogen um die Ecke. Auch Visser schaute aus dem Fenster und beobachtete die Journalisten, Techniker – und die Schaulustigen.

„Ich müsste mich gewaltig täuschen. Aber irgendetwas in mir sagt, dass sich die Medienleute diesmal auf einen etwas längeren Aufenthalt auf Norderney eingestellt haben."

Spätestens mit der Ermordung von Karin Mayer-Lübbecke war es für die Menschen auf Norderney zur Gewissheit geworden, dass der Mörder noch auf der Insel sein musste. Wie die Faust aufs Auge passte da das aktuelle Ermittlungsergebnis, wonach die beiden gesuchten und vom Hausmeister des *Hotels Weißer Sand* beschriebenen Männer tatsächlich mittlerweile in ihrem gewohnten Lebensumfeld vermisst wurden. Das galt, wie die Soko am Nachmittag nach der Ermordung von Karin Mayer-Lübbecke via Pressemitteilung bekannt gab, zunächst für den 37-jährigen Lübbert H. Saathoff, wohnhaft in Aurich, Oldersumer Straße. Der Geschäftsführer der Werbeagentur Pro-File, dem Insolvenzverschleppung vorgeworfen werde, sei seit mittlerweile sechs Tagen nicht mehr in seiner Firma gesehen worden. Der nicht vorbestrafte gelernte Informatiker habe zuletzt vermutlich einen dunklen Anzug getragen. Und: „Er ist auffallend schlank, etwa 1,85 Meter groß. Besonderes Merkmal: Er hat kurz geschnittene, extrem helle Haare und fast weiße Wimpern sowie auffallend viele Sommersprossen", formulierte die Presseabteilung in Aurich.

Mittlerweile ebenfalls als vermisst gemeldet werde Paul-Karl May, hieß es weiter. Der in Aurich lebende Obdachlose sei 41 Jahre alt, ebenfalls zirka 1,90 Meter groß und leicht untersetzt. Bis vor sieben Jahren habe er in Köln gelebt und als Professor für Philosophie und Musikwissenschaften an der Universität gewirkt. Seit gut einem Jahr sei May vornehmlich im Stadtgebiet von Aurich unterwegs, und zwar als Straßenmusikant. Besonders auffällig seien seine langen, schwarzen Haare und seine im Gegensatz zu Saathoff dunkle Gesichtsfarbe. Außerdem trage er mitunter ein Stirnband. Aufgrund seines Aussehens werde May in Insiderkreisen „Winnetou" genannt.

KAPITEL IV

LEBEN UND LEBEN LASSEN

Gent streckte sich in seinem Schreibtisch-
stuhl und gähnte. „Diesen Tag hatte ich
mir etwas anders vorgestellt."

Dunkle Ränder um die Augen und nervös zuckende Wimpern zeugten vom Stress der vergangenen Stunden.

„Wenn mich etwas fürchterlich nervt, dann sind es Pressekonferenzen. 40 Prozent der Fragen sind unnötig und die-
nen nur der Wichtigtuerei", sagte er.

Faust lachte: „Nun mach aber mal halblang. Und nichts für
ungut: So viele Pressekonferenzen hast du hier auf der Insel
ja wohl noch nicht gehabt. Außerdem sind diese Veranstaltungen oft sehr nützlich. Einerseits bringen sie uns Zeugen
und Hinweise, andererseits halten sie uns die Pressefuzzis
für die nächsten Tage vom Hals."

„Ja, ich weiß. Es ist mit denen wie im Zoo. Du wirfst den
Löwen ein paar Happen hin, und dann können sie sich eine
ganze Weile damit vergnügen und stellen keine Ansprü-
che."

Visser hatte gar nicht gehört, dass es an der Tür geklopft
hatte.

„Herein", rief Faust so laut, dass Visser sich erschrak. Als der Besuch nach kurzem Zögern eintrat und die Fahnder ihn in den Blick nahmen, spannte sich ihre Gesichtsmuskulatur augenblicklich an. Ein gertenschlanker Mann, knapp zwei Meter groß, Anfang Dreißig, dunkler Anzug, streng zurückgegelte, dunkelbraune Haare, randlose Brille, sächsischer Akzent, leicht abstehende Ohren, trat ein. Die Polizisten schwiegen.

„Bin isch hier richtisch bei der Sögö, die wo die gonzen Mörde uffklären söll?"

Visser kniff die Augen zusammen und runzelte die Stirn, Faust zog eine Fratze und versteckte sein Gesicht hinter beiden Händen. Er hoffte inständig, dass der Besucher nicht weiterredete, sonst würde sich sein Lachen explosionsartig entladen.

„Meine Herrn, die Dame ünten im Bürgerbürö hat mir gesocht, dass isch Sie hier finde."

Visser hatte sich deutlich besser im Griff als Faust. Er kannte den Mann, zumindest vom Sehen.

„Ja, Sie sind richtig hier", antwortete Visser. „Was können wir für Sie tun?"

„Nüün. Isch möschte eine Aussoorje mochen. Alsö: Isch genne diesen Winnedü. Den Monn mit den schworzen longen Hooren, den Sie süchen."

Faust nahm die Hände vom Gesicht und schaute auf.

„Erzählen Sie", befahl er dem Besucher kurz.

„Isch orbeide in der Spielbonk. Da wor der vor ein paar Toogen. Das wor der Obend, als der doote Hötelier den Jackpött geknockt hot. Dieser Winnedü stand dabei und hot dem Hötelier grotuliert."

Visser und Faust horchten auf. Faust bot dem Gast einen Stuhl an und fragte: „Wie heißen Sie eigentlich?"

„Möritz, Fronk Möritz."

„Also, Herr Moritz", sagte Faust und schaute dabei Visser in die Augen. „Das würde bedeuten, dass der Gesuchte, der Herr May, der aussehen soll wie Winnetou, Aden kannte."

„In der Tat. Und dass Geld im Spiel war", ergänzte Visser.

Faust kratzte sich an der Schläfe.

„Und der Häuptling war obdachlos und lediglich auf der Insel, weil er den Aufenthalt gewonnen hat."

„Und weil er vorausschauend dachte und Geld brauchte, hat er sich in der Spielbank umgesehen."

„Und dort sah er per Zufall, wie Aden den Jackpott knackte."

„Und damit kannte der Apache von der einen Sekunde auf die andere einen Mann, der Kohle hat."

„Vielleicht hat er sich von ihm ein Trinkgeld erhofft."

„Und als er keines bekam und Aden ihn abblitzen ließ, dachte er: Warte Freundchen, dann besuch ich dich in den nächsten Tagen und hole mir alles."

Visser wandte sich nun wieder dem Spielbank-Mitarbeiter zu. „Haben Sie gehört, was da gesprochen wurde? Könnte es zutreffen, dass er sich von Aden Geld erhoffte? Haben Gesten darauf hingewiesen? Wie waren die Blicke der beiden? Haben Sie sich angelacht?"

Moritz trank den Kaffee, den Faust ihm ohne zu fragen auf die Schreibtischecke gestellt hatte.

„Ne. Gehört hob isch gor nix. Da standen jo uch noch ondere Leute rüm. Isch hob nür gesehen, wie der Indioner dem Gewinner die Hond geschüttelt hot. Donn hot der Hötelier wos gesocht; und der Indioner ist gegongen."

„War er verärgert oder hat er gelacht? Was hatten Sie für einen Eindruck?", fragte Faust.

„Isch gloobe, er war eher traurisch."

Als Frank Moritz das Soko-Büro verlassen hatte, griff Faust zum Telefon und bestellte bei *Dino* zwei Pizzen und rief Hanno Bayer zu Hause an. Während der Inspektionschef und er klarmachten, dass am folgenden Morgen mehrere Hundertschaften den Insel-Osten durchkämmen würden, räumte Visser einen der Schreibtische zum Essen leer.

„Ich glaube jetzt fast wirklich nicht mehr, dass Adens Witwe etwas mit der Sache zu tun hat", sagte Faust, nachdem er den Hörer krachend aufgelegt hatte.

„Ich würde trotzdem noch mal das Personal verhören", flüsterte Visser, der regelrecht gedankenversunken schien und auf einem Streichholz rumknabberte. „Vor allem aber frage ich mich, was der Mord an der Schreiberin mit Adens Tod zu tun hat. Da stehe ich komplett auf dem Schlauch."

„Vielleicht steckt doch irgendeine Mafia dahinter. Rotlichtmilieu und so weiter. Immerhin hat die Mayer-Lübbecke in ihrem Blatt ganz schön ausgeteilt."

„Und der langhaarige Spielbankbesucher und Reisegewinner, der angeblich ein Indianer sein soll? Ich kann ja noch nachvollziehen, dass der ein gesteigertes Interesse daran hatte, Aden um die Ecke zu bringen, also einen waschechten Raubmord zu begehen. Aber was um alles in der Welt sollte den dazu bringen, ein paar Tage später zusätzlich eine Redakteurin zu erstechen."

„Wobei ich mir zusätzlich auch die Frage stelle, wie bescheuert man sein muss, um mit jemandem gemeinsam – vermutlich auch noch mitten in der Nacht – auf den Norderneyer *Leuchtturm* zu steigen und den dort umzubringen."

Visser biss sich auf die Unterlippe und atmete tief durch. „Das sind mir im Moment ein paar Fragezeichen zu viel. Ich finde keinen Ansatz. Der größte Witz ist, dass der Indianer vor dem Mord an Aden noch zusammengeschlagen wurde und ich ihn im Krankenhaus dazu befragt habe. Den hatte ich in der Zwischenzeit ganz vergessen!"

Faust schaute aus dem Fenster. Vor dem *Conversationshaus* eröffnete der Kurdirektor gerade das Norderneyer Weinfest, auf der anderen Seite des Kurplatzes, an der Ecke vor dem Inselraum, hielt der Fiat des Pizzabäckers.

„Wir müssen ganz von vorn anfangen und hoffen, dass wir über die Medien Hinweise kriegen. Das wird eine lange Nacht. Kannst dich schon mal zu Hause abmelden. Aber erst essen wir unsere Pizza", sagte Faust dann und lief vor die Rathaustür, wo er die dampfenden Pappkartons in Empfang nahm.

Das Kartenspiel hatte Lübbert bereits beim ersten Einbruch in der Oderstraße mitgehen lassen, während er und Winnetou am Morgen gemeinsam überlegt hatten, wie viel Geld sie aus dem in der Luxuswohnung am Schirrhof noch vorhandenen Portemonnaie „leihen" sollten. Schließlich hatten sie sich fest vorgenommen, am Abend zum Weinfest zu gehen, um sich für ein paar Stunden von der Enge des Bunkers zu befreien und etwas Zerstreuung zu erfahren. Rasch hatten sie sich dann auf zehn Euro in Münzen geeinigt. Die würden für zwei Packungen Zigaretten reichen. Außerdem ließen sie zwei 20-Euro-Scheine mitgehen. Davon könnten sie sich einige Gläser Wein gönnen sowie eine Kleinigkeit zu essen.

„Uns fehlt der dritte Mann. Sonst hätten wir einen schönen Skat dreschen können", sagte Lübbert, als er am Abend im pikobello aufgeräumten Bunker die Karten zum Mau-Mau verteilte.

„Stimmt", antwortete Winnetou, der die Haare mit Blick auf den bevorstehenden Weinfestbesuch bereits zum Zopf gebunden und ein funkelnagelneues Basecap mit Norderney-Signet aufgesetzt hatte. Der Aufforderung Lübberts, sich von ihm die Haare schneiden zu lassen, war Winnetou nicht nachgekommen.

„Da lasse ich keinen ran. Nur über meine Leiche", hatte der Apache gewettert und Lübbert mit einem zornigen Blick bestraft.

„Ja, ein dritter Mann wäre nicht schlecht", antwortete Winnetou.

Er nippte am Sektbecher und flachste: „Geh' doch mal raus in die Siedlung und klopfe bei den Nachbarn an die Tür. Irgendjemand hat bestimmt Lust auf eine Partie Bunker-Skat."

Lübbert nahm sein Handy: „Schon nach zehn und draußen wird es bald dunkel. Komm, lass uns gehen. Mir fällt die Decke auf den Kopf."

„Das Gewölbe meinst du", entgegnete Winnetou und grinste.

Dann überprüften sie noch rasch die Kleiderordnung und fanden, dass ihnen die neuen Schuhe und die Sommerhemden ganz hervorragend standen. Besonders Lübbert fühlte sich mit dem schwarzen Stetson pudelwohl, sodass der neue Hut und der mittlerweile bemerkenswert gewachsene

Oberlippenbart mit Sicherheit dafür sorgen würden, nicht erkannt zu werden.

Den Fußmarsch von der Nordhelmsiedlung zum Kurplatz hatten die beiden unterschätzt. Die Strecke zog sich wie Kaugummi. Dafür genossen sie den milden Wind, der sie nach dem Verlassen der Siedlung in Höhe des Café Cornelius empfing, und den Blick über das Meer, das leise rauschte und innere Ruhe verhieß.

„Was ist das da hinten?", fragte Winnteou, als sie in Höhe der Minigolfanlage am Januskopf standen und die Blicke über die Nordsee schweifen ließen.

„Was meinst du?"

„Da brennt Licht. Da scheinen Häuser zu sein. Ich dachte immer, das ist eine Sandbank oder so etwas."

„Du verrückter Hund." Lübbert brach in gellendes Gelächter aus. „Das ist Juist. Du wirst es nicht glauben: Da leben tatsächlich Menschen und es gibt dort Strom und fließend Wasser."

„Warum lachst du?", wollte Winnetou wissen.

„Weil die Norderneyer und die Juister sich immer gegenseitig aufziehen. Das ist im Prinzip wie mit Köln und Düsseldorf und Hamburg und Bremen. Von daher würdest du bei den Norderneyern wirklich gut ankommen, wenn du Juist als Sandbank bezeichnen würdest."

„Siehst du, ich fühle mich hier schon ein wenig heimisch", sagte Winnetou.

Sie brauchten knapp eine halbe Stunde, bis sie die Norderneyer Weinmeile erreicht hatten. Allerdings hatte sich der Weg tatsächlich gelohnt. Die Stimmung war hervorragend. An den einzelnen Ständen herrschte immer Hochbetrieb, fast alle Stühle und Bänke waren trotz der späten Stunde noch besetzt. Durch die Reihen der zahlreichen Gäste schlenderte ein deutlich untersetzter Mann mit schütterem Haar. Er spielte Schifferklavier und sang aus voller Brust. Der Barde mit dem Vollbart und den breiten Schultern brachte Heiteres und Nachdenkliches von der Küste und den Inseln zu Gehör und man merkte ihm an, dass er seinen Job mit großer Leidenschaft ausübte. Als der singende Albertus lächelnd und mit sehnsuchtsvollem Blick am Tisch der Weinkönigin angelangt war, prosteten sich Winnetou und Lübbert mit ihren Merlots zu und befanden, dass sie die perfekt richtige Wahl für ihr heutiges Freizeitvergnügen getroffen hatten.

Lübbert schaute sich um und zündete sich eine Zigarette an, fasste das Weinglas dezent am Stiel, prostete Winnetou erneut zu und sagte:

„Dir zum Wohle, mir zum Nutzen, woll'n wir das Getränk verputzen."

Lübbert lachte so laut, dass die Umstehenden auf ihn aufmerksam wurden.

Nach dem dritten Merlot scherte ihn das allerdings nicht die Bohne. An dem Stehtisch direkt vor dem Rathauseingang hatten sie einen günstigen Platz gefunden. Von dort aus konnten sie das muntere Geschehen beobachten. Winnetou schaute sich um.

„Sie dir das mal an. Im Rathaus wird um diese Zeit noch gearbeitet", sagte er und zeigte auf die Fenster, hinter denen noch Licht brannte und wo die Schatten zweier Männer zu sehen waren, die sich scheinbar angeregt unterhielten."

„Sicher planen die Leute von der Stadt und der Kurverwaltung schon das nächste Weinfest und überlegen gerade, ob sie uns beim nächsten Mal nicht als Ehrengäste einladen sollen", johlte Lübbert und schlug Winnetou dabei so fest auf die Schulter, dass der zuckte.

Als eines der Rathausfenster, hinter dem noch Licht brannte, geöffnet wurde und ein Mann mit kahl rasiertem Schädel herausschaute, winkte Lübbert ihm zu und rief: „Leute, macht Feierabend. Was ihr da jetzt um diese Zeit noch fabriziert, bringt sowieso nichts."

„Halt's Maul, Cowboy, sonst schieße ich dir den Hut vom Kopf", rief Faust und schloss das Fenster krachend.

Lübbert drehte sich um, zog den Stetson in die Stirn und sagte: „Meine Güte, hat der 'ne Laune."

Er hatte diesen Satz gerade zu Ende gesprochen, da spürte

er eine Hand auf der Schulter. Dass Winnetou dies nicht sein konnte, realisierte er trotz seines angetrunkenen Zustands sofort. Der Apache nämlich befand sich ein paar Meter weiter an einem Stand, an dem es Käse, Oliven und Dinkelbrot gab.

„Bist ja aber gut drauf heute, Tammo!", sagte die junge Frau. „So lustig habe ich dich schon lange nicht mehr gesehen."

Lübbert fuhr zusammen. Schlagartig wurde ihm klar, dass er sich viel zu auffällig benahm und mit dem Feuer spielte. Er schaute der Frau, die einen Kopf kleiner war als er, fragend in die Augen. Sagen konnte er in diesem Moment nichts.

„Oh", übernahm die Frau wieder das Wort. „Sie sind ja gar nicht Tammo."

„Nein, ich heiße Lü…, Bernd Lüdenscheid. Das muss wohl eine Verwechslung sein", stammelte Lübbert. Die Frau musterte ihn von oben bis unten.

„Entschuldigung. Tut mir leid. Ja. Bei genauem Betrachten sieht Tammo wirklich anders aus. Nur, dass er genau so einen Hut hat und ein solches Hemd. Was für ein Zufall", fügte sie hinzu, lächelte Lübbert an und hielt ihm ihr Weinglas zum Anstoßen hin.

„Prost", sagte Lübbert. Er trank einen Schluck und stellte sein Glas auf einem der Stehtische ab. Dann ging er mit hochrotem Kopf Winnetou entgegen. Er nahm ihn rasch bei der Schulter und sagte: „Komm', lass uns gehen. Die Sache wird mir jetzt zu heiß hier."

Die Tageszeitungen auf der Insel waren am anderen Morgen innerhalb weniger Stunden komplett vergriffen. Erwartungsgemäß machten sich die Einheimischen, die kein Abonnement besaßen, in Supermärkten und in diversen kleineren Geschäften über die lokalen Blätter her. Das galt gleichermaßen für die Feriengäste, die von ihren Vermietern vom zweiten Mord innerhalb einer Woche gehört hatten.

Zudem hatten bereits gestern Nachmittag Radio und Fernsehen über die „rätselhafte Mordserie", wie es ein Rundfunksender formulierte, berichtet. Mit fast ebenso

großer Erschütterung nahmen die Insulaner eine Polizei-
meldung zur Kenntnis, die ihnen die Angst endgültig und
direkt unter die Haut trieb:

Mysteriöse Einbrüche auf der Insel
**Diebe stehlen Lebensmittel, während
Hausbesitzer schläft
Besonders dreist: Täter benutzen Dusche
und Badewanne**

*Norderney/tre – Eine geheimnisvolle Einbruchserie ver-
setzt zurzeit die Bürgerinnen und Bürger der Norderneyer
Nordhelmsiedlung in Angst und Schrecken. Wie die Polizei
gestern mitteilte, drangen in der Nacht zu Freitag Unbekannte in ein Einfamilienhaus an der Oderstraße ein. Während
der Besitzer in seinem Schlafzimmer schlief, ließen die Diebe
Lebensmittel und Getränke aus der Küche mitgehen. Zudem
stahlen sie eine Mikro-Stereoanlage vom Typ Philips.*

*Besonders dreist verhielten sich Unbekannte, die vermut-
lich ebenfalls in der Nacht zum Freitag oder am Samstag in
ein Haus Am Alten Schirrhof einbrachen. Aus der Wohnung
eines Zweitwohnungsbesitzers, die einige Tage nicht benutzt
worden war, stahlen die Einbrecher ebenfalls größere Men-
gen Lebensmittel und Getränke. Zudem entwendeten sie unter anderem Kleidungsstücke und Hygieneartikel.*

*Als besonders kaltschnäuzig bezeichnete die Polizei die
Tatsache, dass der oder die Täter ein Duschbad nahmen und
auch die Badewanne benutzten. Außerdem rauchten sie in
der Wohnung. Ob es sich um ein und dieselben Täter handeln
könnte, teilte die Polizei nicht mit. Ebenso steht noch die Frage im Raum, ob die Einbrüche in Zusammenhang mit den
beiden in den vergangenen Tagen verübten Mordtaten auf
der Insel stehen.*

Morden, wo andere Urlaub machen

„Morden, wo andere Urlaub machen" stand in fetten, schwarzen Lettern auf dem Plakat. Es war mit Panzerband an der gläsernen Eingangstür zum Norderneyer Thalasso-Badehaus befestigt, und zwar in Augenhöhe, sodass wirklich jeder Erwachsene, der das Schwimmbad betrat, es sehen musste. Als Fußnote hatten die Verfasser noch einen Satz ergänzt: „Viele Grüße an die Soko."

Als der Kurdirektor davon erfuhr, platzte ihm der Kragen. Er lief zum Badehaus, überzeugte sich persönlich von der Existenz dieses Pamphlets, riss es ab, und lief damit ins Soko-Büro. Dort saß bereits der Bürgermeister, der Faust und Visser mit hochrotem Kopf anschrie und ihnen vom Vorfall der vergangenen Nacht erzählte:

„Meine Herren, die Stimmung ist nun auf dem Tiefpunkt. Gestern Abend haben in einer Kneipe zwei an und für sich überaus friedliche Norderneyer Ferienhausbesitzer einem Fernsehjournalisten vom Festland eine heftige Abreibung verpasst. Als ihm ein Kollege helfen wollte, bekam auch der sein Fett weg. Und zwar ordentlich."

Faust und Visser sahen sich an. Der Bürgermeister schnaufte und fasste sich mit dem Zeigefinger an die Stirn. Dann erhob er wieder die Stimme: „Warum haben die beiden die Reporter wohl verprügelt? Ich gebe Ihnen die Antwort selbst. Weil wir es auf der Insel inzwischen leid sind, in den Medien nur noch mit Wortschöpfungen wie ‚Mord-Insel', ‚Indianer-Reservat', ‚Tourismus-Schocker' und ‚Killer-Leuchtturm' in Verbindung gebracht zu werden."

Der Bürgermeister rang nach Luft und blickte mit großen Augen erregt Richtung Kurdirektor, der das Plakat vor seiner Brust ausgebreitet hatte.

„Genau das ist der Punkt", sagte dieser. „Ich muss den Verfassern dieses Plakats zu hundert Prozent recht geben. Der Imageschaden für unsere Insel ist unermesslich. Die Telefone stehen nicht mehr still. Nicht nur in der Kurverwaltung, auch bei den privaten Vermietern. Die Gäste rufen an und wollen wissen, ob sie auf Norderney wieder buchen können oder ob es noch zu gefährlich sei." Nun rang auch der Kurdirektor nach Luft. Die blonden Locken fielen zerzaust über die Ohren, auf die Stirn war Schweiß getreten. Ein böser, schneidender Blick traf Faust, der sich vom Stuhl erhoben hatte und nun seinerseits das Wort ergreifen wollte. Doch dazu kam er nicht. Der Rathauschef kam ihm zuvor. Der war bis dahin in dem Gang zwischen den Schreibtischen mit den Händen auf dem Rücken und nach vorn gebeugt auf- und abgegangen und hatte – während der Kurdirektor sprach – permanent zustimmend genickt.

„Leute, so geht das nicht", hob der Bürgermeister an. Die Insel ist voller Medienleute. Und die schlachten die Sache bis auf den blanken Knochen aus."

Dann wandte er sich erneut an Faust und schrie: „Tun Sie endlich was. Nehmen Sie den Mörder fest und sorgen Sie endlich dafür, dass auf unserer Insel wieder Ruhe und Frieden einkehren."

Im Soko-Büro herrschte nun eiskalte Stille. Der Kurdirektor hatte rittlings auf einem Drehstuhl Platz genommen und starrte auf einen Bildschirmhintergrund, der die *Weiße Düne* zeigte. Der Rathauschef stand starr und stumm vor Faust in Erwartung einer Antwort oder irgendeiner Reaktion. Doch der hatte hinsichtlich dieser einseitigen verbalen Auseinandersetzung die Flinte längst ins Korn geworfen. Mehrmals nämlich hatte er versucht, etwas zu den Vorwürfen zu sagen, doch jedes Mal war er lautstark übertönt worden. Deshalb zeigte er dem Bürgermeister nun demonstrativ den Rücken und schaute aus dem Fenster runter auf den Kurplatz. Das wiederum fand der Bürgermeister überhaupt nicht lustig. Er machte zwei Schritte zurück und wandte sich Visser zu, der ebenfalls beharrlich schwieg. Am ganz offensichtlich steigenden Blutdruck und an den Augen, die nun immer finsterer wirkten und innerhalb weniger Sekunden aus dem Kopf traten, erkannte er, dass die nächste verbale Sturmflut unmittelbar bevorstand. Gent hatte sich nicht getäuscht.

In derselben Sekunde zerschnitt die Stimme des Bürgermeisters die Stille des Raums: „Gent", schrie er. „Du bist doch Insulaner. Warum tut ihr nichts? Verdammt noch mal.

Es kann doch nicht so schwer sein, auf dieser kleinen Fläche zwei Mörder zu finden. So groß ist Norderney doch nun wirklich nicht. Wenn wir hier bei der Stadt und in der Kurverwaltung so schlampig arbeiten würden, dann hätte Norderney seinen letzten Feriengast schon längst gesehen."

Auch Gent zog es vor, zu schweigen. Er erwiderte zwar den Blick des Bürgermeisters, zeigte dabei aber keine Gefühlsregung. Was nützt es schon, wenn ich ihm erkläre, dass die Soko verdoppelt worden ist und dass zurzeit zwei Hundertschaften durch den Insel-Osten laufen, dort jede einzelne Düne auf links drehen und möglicherweise das *Wrack* nach Fingerabdrücken und DNA-Spuren untersuchen, dachte er. Gleichzeitig spürten alle im Soko-Büro, dass – zumindest fürs Erste – alles gesagt war. Das Gewitter hatte sich entladen, der Sturm war vorüber. Zurück blieben zwei stumme Polizisten, ein vor Wut schnaubender Kurdirektor und ein entschlossener – wenn auch inzwischen leiser – Bürgermeister.

„Meine Herren, glauben Sie mir. Wir werden auf die schlampige Arbeit der Polizei reagieren und eine eigene, politische Lösung präsentieren", sagte er fast im Flüsterton und schaute den Kurdirektor an. Der spitzte die Lippen und zischte: „Und diese Lösung wird sich gewaschen haben."

EIN NEUER ANLAUF

Faust und Visser machten sich auf den Weg zum *Hotel Weißer Sand* in die Winterstraße. Sie hatten sich vorgenommen, die Sache ebenso besonnen wie professionell und darüber hinaus wieder ganz von vorne aufzurollen. Ihr erster Weg führte sie deshalb ins Hotel, um das Personal erneut zu vernehmen.

„Wir haben keine andere Chance", sagte Visser, als sie am Haus der Insel vorbeiliefen.

„Ich hoffe ja immer noch auf einen entscheidenden Tipp aus der Bevölkerung", antwortete Faust, den die Auftritte des Bürgermeisters und des Kurdirektors wohl doch nicht so kalt gelassen hatten, wie er nach außen hin tat.

„Gent. Du kennst dich doch hier auf der Insel bestens aus. Was meinen die beiden mit einer eigenen, politischen Lösung?"

Visser blieb stehen und schaute Faust in die Augen.

„Ich bin mir fast sicher, dass sie die komplette politische Prominenz in Aufruhr versetzen werden. Sie werden sämtliche Bundes- und Landtagsabgeordneten auffordern, auf die Lage hier Einfluss zu nehmen."

„Das bringt doch nichts.“

„Ich weiß. Es macht uns nur zusätzlich das Leben schwer. Der Druck auf uns wird wachsen.“

Faust räusperte sich. Er zog die Zigarettenschachtel aus der Hemdtasche und bot Visser eine an. Der lehnte ab.

„Woran denkst du gerade?“, fragte Visser ihn dann, weil das Grinsen in Fausts Augen nun nicht mehr zu übersehen war.

„Ich stelle mir gerade vor, wie es bei uns im Soko-Büro an der Tür klopft und der Bundespräsident erscheint.“

„Na und?“

„Nun. Er würde sagen, dass er sich ab sofort persönlich um den Fall kümmern möchte. Und er würde sagen, dass er extra unseretwegen eine Reise in den Nahen Osten abgesagt hat.“

Visser lachte. Dann stieß er Faust an, während sie weiter durch die Jann-Berghaus-Straße Richtung Hotel liefen. Mit einer eindeutigen Handbewegung machte er Faust klar, dass er nun doch eine Zigarette rauchen wollte. Dann nahm er den Faden des Soko-Chefs auf.

„Vielleicht klinkt sich ja auch die Kanzlerin noch ein.“

Faust lachte und machte einen Hüpfer, so sehr freute er sich über seinen Witz: „Und wer rettet dann den Euro?“

Wenige Minuten später saßen Faust und Visser im Back Office des *Hotels Weißer Sand*. Beide gingen entspannt an die Vernehmungen heran, das Ausgelassensein der vergangenen fünf Minuten hatte den Ermittlern sichtlich gut getan. Paul Stiegel, den Hotel-Rezeptionisten, schien die Sache mit der Ermordung seines Chefs nach wie vor zu beschäftigen.

„Ich habe ihn kurz vor seinem Tod noch gesehen. Er war wie immer. Nichts war anders. Er kam ins Hotel, überprüfte die Buchungen und schaute nach der Post des Tages. Dann schickte er mich nach Hause.“

„Überlegen Sie bitte noch einmal, Herr Stiegel“, forderte ihn Faust auf. „Haben Sie vielleicht nicht doch einen Blick durch das Fenster geworfen und draußen die beiden Männer gesehen, nach denen wir suchen?“

Jetzt schaltete sich auch Visser ein: „Oder war irgendetwas mit ihrer Chefin anders? Oder haben Sie an einem Ihrer Kollegen etwas Auffälliges bemerkt?"

„Weder das eine noch das andere", sagte Stiegel. Er strich sich mit seinen langen weißen Fingern durchs Haar. „Glauben Sie mir. Ich habe jetzt schon einige Nächte gegrübelt. Aber mir fällt dazu absolut nichts ein."

Stiegel schaute mit leerem Blick zu Boden. Dann legte er die Stirn in Falten und sagte: „Es ist ja bekannt, dass die Ehe der beiden nicht mehr ganz so frisch und harmonisch war."

Faust und Visser sahen sich an.

„Ich glaube, jeder machte, was er wollte."

„Wollen Sie uns damit sagen, dass Frau Aden etwas mit dem Mord zu tun haben könnte?", fragte Visser.

„Auch darüber habe ich nachgedacht. Aber auch da komme ich zu keinem Ergebnis."

„Und sie selbst?"

„Sie meinen, dass sie selbst, also Frau Aden, Hand angelegt haben könnte." Stiegel lachte.

„Nun. Sie ist sportlich und – vielleicht auch so etwas wie gewieft. Aber nein. Das, nein, das traue ich ihr nun doch nicht zu."

Faust ließ diese Sätze unkommentiert und ohne weitere Fragen im Raum stehen und bat Stiegel, Nicole Philipps hereinzuschicken. Die junge Auszubildende hatte an dem besagten Tag gemeinsam mit Stiegel Dienst gehabt.

„Auch Ihnen können wir eine zweite Vernehmung nicht ersparen", sagte Visser und zeigte auf den Stuhl neben dem Computertisch, auf dem sie Platz nehmen sollte.

Ihre Augen waren eingefallen, ihre Haut ein wenig schuppig. Die Haare hatte sie streng nach hinten gekämmt und mit einem schlichten, roten Gummi zusammengebunden. Sie hat ein wenig abgenommen, dachte Faust, der sie und damit insbesondere ihre tadellose Figur gründlich in Augenschein nahm.

„Wie alt sind Sie eigentlich?", fragte Visser. Nicole schaute auf. Mit einer solchen Frage hatte sie nicht gerechnet.

„Warum wollen Sie das wissen?", fragte sie.

„Sie sehen noch so jung aus. Und Sie machen den Eindruck, als wären Sie müde. Aber ich weiß, dass der Job in einem Hotel nicht leicht ist."

„Das kann man so sagen", antwortete sie leise.

„Also, wie alt sind Sie?"

„18."

„Aber besonders gesprächig sind Sie anscheinend nicht", stellte Faust fest und fragte: „Wie lange arbeiten Sie schon hier?"

„Ich bin jetzt im zweiten Lehrjahr. Ich kenne die Insel aber schon seit vielen Jahren. Vom Urlaub mit meinen Eltern."

„Also kennen Sie auch die Familie Aden schon länger?"

„Ja, wir haben hier immer gewohnt."

„Pflegen Sie ein freundschaftliches Verhältnis zur Familie Aden?"

„Ja, das kann man so sagen. Herr und Frau Aden duzen mich natürlich schon lange. Ich war ja noch ein Kind."

„Und Sie? Zu wem sagen Sie du?", wollte Visser wissen.

„Ich darf, durfte, beide duzen. Schon lange."

Nicole schlug die langen, schlanken Beine übereinander. Sie putzte sich die Nase. Dann öffnete sie eine Lade im Computertisch und zog eine Packung Marlboro heraus.

„Erlauben Sie?"

„Aber ja doch", antwortete Faust und hielt der jungen Frau sein Feuerzeug hin. Sie nahm einen tiefen Zug. Dann fragte er:

„Sind Sie traurig? Also ich meine: Tut es Ihnen leid, dass Herr Aden tot ist?"

Nicole legte die brennende Zigarette in den Aschenbecher. Zunächst schaute sie wieder zu Boden, dann blickte sie Faust in die Augen.

„Geht's noch?", fuhr sie ihn dann an.

„Was für eine blöde Frage", keifte sie. Dann stand sie auf und fragte mit einer Entschlossenheit im Blick, den die Fahnder überraschte.

„Darf ich jetzt gehen? Ich glaube nicht, dass Sie noch eine Frage an mich haben, die Sie in der Sache weiterbringen könnte." Ohne die Antwort abzuwarten, trat sie zur Tür und verließ das Back Office.

Visser verzog den Mund und linste über den Brillenrand hinüber zu Faust. Der drückte Nicoles Zigarette aus und brummte: „Komm. Lass uns gehen."

Die Kunde von der Sondersitzung des Norderneyer Stadtrats hatte sich via Radio *SWS* in Windeseile verbreitet. Der Bürgermeister hatte sich mit den Fraktionsvorsitzenden am Nachmittag auf die Schnelle darauf verständigt, bereits am Abend um 18 Uhr im *Haus der Insel* zusammenzukommen. Einziger Tagesordnungspunkt: „Gründung einer Bürgerwehr".

Dass diese Sitzung öffentlich sein sollte, daran bestand kein Zweifel. Deshalb war es auch keine Frage, dass die Jungs vom *Sturmwellensender* die Sitzung wie gewohnt live in die Haushalte der Insel transportierten. Trotzdem war das Interesse an dem Thema derart groß, dass sich an die 60 Einwohner einfanden, um die Beratung als Besucher direkt vor Ort zu erleben.

„Nu maken wi sülvens een Soko", spottete ein älterer Herr, den sie auf der Insel Bonno nannten und der bekannt dafür war, während der abschließenden Einwohnerfragestunden immer besonders kritische Fragen zu stellen.

„Meine Damen und Herren", ergriff der Bürgermeister das Wort. „Wir müssen jetzt Initiative zeigen. Es geht um unsere Existenz."

Lang anhaltender Beifall brandete ihm entgegen, während der Vorsitzende der SPD-Fraktion die Hand hob und betonte, dass man sich als stärkste Fraktion im Norderneyer Stadtrat selbstverständlich an den Wachen und Kontrollgängen einer Bürgerwehr beteiligen werde. Normalerweise hätte der Fraktionsvorsitzende der CDU an der Stelle seinem sozialdemokratischen Kollegen Populismus vorgeworfen. Doch heute tickten die Uhren auf der Insel anders. Als der CDU-Mann das für die Gründung einer Bürgerwehr zustimmende Signal der SPD begrüßte und auch die Grünen sowie die Freie Wählergemeinschaft den Vorschlag der Verwaltung lobten, ging ein mächtiges Raunen durch das *Haus der Insel*. Die Abstimmung war reine Formsache, der Beschluss einstimmig und die Sitzung nach nicht einmal fünf Minuten beendet. Als es auch vonseiten der Bürger keine Frage gab, ließ der Radiomoderator die Zuhörer wissen: „Die Sensation ist perfekt. Kein Streit, keine Kritik, keine bösen Worte. Eine solche Einmütigkeit hat es im Rat der Stadt Norderney seit unzähligen Jahren nicht mehr gegeben."

Sie hatten bis in den Nachmittag hinein geschlafen. Gemessen an dem, was sie sich an den Vortagen an Kulinarischem gegönnt hatten, fiel die erste Mahlzeit des Tages ein wenig karg aus. Es war nur noch eine Kante Brot vorhanden, schon reichlich trocken. Auch Wurst, Schinken und Pastete machten nicht mehr den frischesten Eindruck. Gut, dass sie am Abend zuvor in zwei prall gefüllten Plastiktüten den Müll noch aus dem Bunker geschafft hatten. Rein geruchsmäßig hätten sich sonst die ersten unangenehmen Begleiterscheinungen gezeigt. Sie mussten ohnehin davon ausgehen, dass sich die ersten Mäuse in die Bunker-WG eingeschlichen hatten; kleine, dunkle Krümel am Boden, an den Tellerrändern und auf dem Tisch wiesen deutlich darauf hin.

„Wir müssen heute Abend noch mal los", sagte Lübbert. Nachdem beim Weinfest eine Besucherin seine gestohlene Kleidung erkannt und er sich fürchterlich erschrocken hatte, war er nun wieder etwas mutiger geworden. Und da Winnetou zu diesem Zeitpunkt einen ziemlich gleichgültigen Eindruck hinterließ, fiel es Lübbert nicht schwer, ihn zur nächsten Einbruchstour zu überreden, damit sie vom insularen Bunkerstandard her wieder den Status der vergangenen Tage erlangen konnten. Mit Bedauern stellten sie fest, dass der Besitzer der Zweitwohnung am Alten Schirrhof wieder auf Norderney sein musste. Die Rollläden waren hochgezogen, der Daimler parkte auf dem Kies vor der Garage. Zwei junge Männer in Overalls waren dabei, oberhalb der Haustür eine Videokamera zu installieren. Also zogen sie ein paar Straßen weiter. In der Emsstraße wurden sie schnell fündig. Dort konnten sie nach dem Strickmuster der vergangenen

Tage vorgehen: Der Neubau war ebenfalls von der luxuriösen Sorte, komplett eingerichtet, der Kühlraum mit dem Feinsten gefüllt, und die Bäder gehörten der absoluten Extraklasse an. Auch hier wies alles darauf hin, dass zumindest heute niemand mehr ins traute Heim zurückkehren würde. In dem Wandkalender waren die Tage für den Urlaub auf den Malediven rot umrandet.

Grünes Licht also für Winnetou und Lübbert. Nach einem ausgiebigen Duschbad brutzelten sie sich zwei saftige Hüftsteaks, kochten einen ganzen Topf Kartoffeln und wärmten tiefgefrorene Möhren und Erbsen auf. Winnetou drückte wahllos einen Knopf der Fernbedienung, die auf dem Esstisch lag. Die Stimme, die beinahe singend aus den Wand- und Regallautsprechern ertönte, kam ihnen bekannt vor.

„Ja, meine sehr verehrten Damen und Herren, das war sie nun: die Live-Übertragung von Radio SWS von der Sondersitzung des Norderneyer Stadtrats im Haus der Insel. Wir dürfen also gespannt sein, ob es der Norderneyer Bürgerwehr gelingen wird, die beiden Schwerverbrecher, die sich mit allerhöchster Wahrscheinlichkeit nach wie vor auf unserer Insel aufhalten, festzunehmen. Ich bedanke mich bei Ihnen für Ihre Aufmerksamkeit und wünsche Ihnen noch einen angenehmen, möglichst einbruchsfreien Abend."

Winnetou verschluckte sich, er musste heftig husten.

„Jetzt wird's ernst. Ich mache das jetzt nicht mehr länger mit", stammelte er und schaltete das Radio aus.

Lübbert nahm die Nachricht ungerührt zur Kenntnis und aß in aller Seelenruhe weiter. Winnetou schob den Teller beiseite und ließ das Besteck krachend hineinfallen.

„Warum sagst du nichts? Hast du nicht gehört, was da los ist? Die schicken jetzt die Bürger los. Eine Bürgerwehr ist oft effektiver als die Polizei mit einer ganzen Hundertschaft. Ich kenne das."

„Was kennst du?"

„So etwas gab es vor ein paar Jahren mal in einem kleinen Dorf in der Nähe der luxemburgischen Grenze. Das habe ich im *Kölner Stadtanzeiger* gelesen. Da hatte eine Einbruchserie einer Rumänenbande die Gemeinde in Angst und Schrecken versetzt. Als die dann eine Bürgerwehr gründeten, sank das Image der Polizei von einem Tag auf den anderen gegen null. Und weißt du was?"

„Nee.

„Die Jungs von der Bürgerwehr haben tatsächlich geschafft, was die Polizei vorher zwei Wochen lang vergeblich versuchte – sie schnappten die Einbrecher und übergaben sie – in Anwesenheit der Presse übrigens – den reichlich angefressenen Soko-Leuten."

„Du willst also damit sagen, dass du vor der Bürgerwehr mehr Angst hast als vor der Polizei." Lübbert fasste sich an den Kopf.

„Ja, mein Lieber. Und ich sage dir, dass ich nun keine Lust mehr habe. Ich gehe jetzt hier raus und stelle mich der Polizei."

Winnetou nahm einen großen Schluck aus dem Weinglas, dann wischte er mit dem Ärmel seinen Teller mitsamt Besteck und Wasserglas vom Tisch, dass es auf den Fliesen nur so krachte. Dann legte er den Kopf auf den Tisch, ließ die Arme nach unten baumeln – und weinte.

Lübbert hatte inzwischen auch mit essen aufgehört und seinen Teller zur Seite geschoben. Er schwieg zunächst einige Sekunden, dann fuhr er seine Pranke aus und streichelte Winnetou damit vorsichtig über den Kopf.

„Hey, Häuptling. Lass den Kopf nicht hängen. Wir überlegen jetzt erst einmal in aller Ruhe, was am besten ist. Wir dürfen jetzt nichts überstürzen."

Winnetou antwortete nicht. Lübbert merkte, dass seinem Freund vom Weinen die Nase lief. Er schob ihm eine Serviette hin. Winnetou nahm sie, wischte damit die Tränen aus den Augen und putze sich das Nasensekret danach mit dem Ärmel ab. Lübbert hatte ihn dabei die ganze Zeit beobachtet. Dann endlich gab Winnetou wieder einen Laut von sich.

„Gefängnis", murmelte er kaum hörbar.

„Was ist?"

Lübbert zog die Stirn in Falten und hielt eine Hand hinters Ohr.

„Wir werden beide im Gefängnis landen. Mit hoher Wahrscheinlichkeit sind wir ja auch tatsächlich die Mörder des Hoteliers und wir wandern zu Recht in den Knast. Und selbst, wenn wir es nicht sind, und die uns kriegen, werden wir eingebuchtet. Denn du glaubst doch nicht, dass die Polizei, wenn sie uns gefunden hat, noch nach anderen Tätern suchen wird. Also, Lübbi, wir können die Sache drehen und wenden wie wir möchten. Wir sind geliefert."

„Nun mach mal langsam", wandte Lübbert ein. „Es besteht immerhin noch die Chance, dass sie den richtigen Mörder finden, bevor sie uns kriegen. Dann würden sie uns unsere Version glauben."

Winnetou zog die Nase hoch und rülpste. Dann nahm er die Weinflasche zur Hand und schüttete Lübbert und sich selbst nach.

„Ich mache dir jetzt einen Vorschlag zur Güte", sagte er dann.

„Und der lautet?"

„Wir räumen jetzt hier die Bude auf, stellen den Abwasch wie gehabt fein in die Spülmaschine und wischen eben durchs Bad. Dann packen wir uns da drüben die Einkaufstasche voll und laufen zum Bunker."

„Und dann?"

„Dort lassen wir dann unsere Abschiedsfete steigen. Wir lassen es noch mal so richtig krachen. Wein, Champagner, Kaviar und dicke Havannas."

„Fehlen nur noch die Frauen", fügte Lübbert hinzu.

Winnetou lachte. „Wir können ja bei der Soko mal fragen, ob sie uns zwei hübsche Kolleginnen rüberschicken."

HOFFNUNGSSCHIMMER

Im Büro der Insel-Soko glühten am folgenden Morgen die Drähte. Die Berichte in den Zeitungen, im Radio und im Fernsehen hatten bundesweit für großes Aufsehen gesorgt. Auch für die Boulevardblätter lieferten die Ereignisse auf Norderney in diesen Tagen perfekte Schlagzeilen. „Winnetou hat das Kriegsbeil auf Norderney ausgegraben", schrieb der Kölner *Express*, und die *Bild* titelte: „Krieg an der Nordsee: Häuptling trifft Neptun". Im Mittelpunkt des Medieninteresses stand demnach der obdachlose Straßenmusikant mit den langen schwarzen Haaren.

Inzwischen waren 26 Hinweise auf den möglichen Aufenthaltsort von Paul-Karl May eingegangen. Unter anderem wurde behauptet, er halte sich am Stuttgarter Hauptbahnhof auf. Außerdem wollte ihn eine alte Dame in der Nähe von Bad Segeberg gesehen haben. Auch direkt von der Insel riefen Leute an. Am *Parkplatz Ostheller* glaubten Urlauber aus Witten-Herdecke zwei Männer, auf die die Beschreibung passte, hinter einer Wanderdüne gesehen zu haben. Ein Rentner aus der Georgstraße, der gegen Mitternacht vor dem Zubettgehen noch einmal aus dem Fenster geschaut hatte, sprach von einer auffälligen Beobachtung auf dem Außengelände des Badehauses. Dort sollte, behauptete er steif und fest, ein Mann mit langen schwarzen Haaren in der Erdsauna verschwunden sein.

Gent Visser und Carlo Faust waren an diesem Morgen gleichzeitig im Soko-Büro erschienen. Visser hatte seine Jacke noch nicht abgelegt, da läutete sein Telefon. Die Handy-Nummer, die im Display aufleuchtete, kannte er nicht. Schon die ersten beiden Sätze des Anrufers ließen ihn aufhorchen. „Ich möchte mich mit Ihnen treffen. Ich habe Ihnen was zu sagen, aber nicht hier im Hotel."

Faust merkte am angespannten Gesichtsausdruck seines Kollegen, dass der Anruf von besonderer Qualität sein musste. Er setzte sich leise auf den Stuhl und blickte Visser an. Nach wenigen Sekunden legte der nach einem kurzen „Okay" den Hörer auf. Faust schaute ihn mit großen Augen fragend an.

„Das war Stiegel. Paul Stiegel. Der Rezeptionist aus dem Hotel. Er sagt, er hätte uns was mitzuteilen, etwas sehr Wichtiges."

„Und wie seid ihr verblieben?"

„Er möchte nicht hierher kommen, und im Hotel geht es auch nicht. Ich habe zugesagt, dass wir uns mit ihm in einer Viertelstunde auf der Terrasse der *Milchbar* treffen."

Man sah Stiegel die Aufregung zwar an: Er zuckte nervös mit den Schultern und zog die Augenbrauen immer wieder hoch. Gleichwohl vermittelte er einen entschlossenen Eindruck; so, als hätte er sich das, was er nun tun würde, genau überlegt.

„Haben Sie sich wegen gestern Abend zu korrigieren oder gibt es irgendetwas Neues?", kam Faust gleich zur Sache.

Sie hatten an einem der Tische Platz genommen, die etwas geschützter als die anderen vor dem Glaseingang des Strandlokals platziert waren. Die Lounge-Musik von Blank & Jones setzte das i-Tüpfelchen auf das feine Ambiente, als

Stiegel den Soko-Chef erstaunt anschaute. „Also, das will ich Ihnen sagen. Ich möchte von Ihnen ernst genommen werden. Wenn ich Ihnen was zu sagen habe, dann habe ich Ihnen was zu sagen. Und gestern Abend war dies nicht so."

„Okay", sagte Faust. Er warf Stiegel einen besänftigenden Blick zu und hob die Hände zum Zeichen, dass ihm der Einstieg in das Gespräch leid tue. Dann legte Stiegel los.

„Als Sie gestern Abend das Hotel verlassen haben, habe ich eine Beobachtung gemacht, die mir keine Ruhe lässt. Ich hatte die Tür gerade eben abgeschlossen und in der Rezeption alles klargemacht. Es waren schließlich keine Anreisen mehr zu erwarten. Dann ging ich die Treppe hoch, um die Kaffeetassen aus der Rezeption in die Spülmaschine zu stellen. Da hörte ich Stimmen. Sie kamen aus dem Wohnzimmer der Chefin."

Faust neigte den Kopf ein wenig zur Seite, damit er Stiegel aufgrund der angeregten Unterhaltung am Nebentisch und der stärker werdenden Brandung besser verstehen konnte.

„Wessen Stimmen waren es?"

„Die erkannte ich sofort. Es waren die Stimmen von Nicole und der Chefin. Die stritten sich lautstark. Was sie sagten, bekam ich nicht mit. Ich blieb zunächst stehen, dann brachte ich die Tassen weg."

Stiegel trank seinen Kaffee. Er verzog den Mund und schüttete Milch nach.

„Und weiter?", fragte Faust.

„Als ich aus der Küche kam, waren die immer noch am Streiten. Das kam mir komisch vor. Ich ging ein paar Stufen die Treppe hinauf. Ich sah Nicole. Sie war total verheult. Sie sagte ‚Schlampe' zur Chefin. Ich dachte erst, ich höre nicht richtig. Dann schrie die Chefin zurück: ‚Du kleine Hure'."

„Ich lande jetzt vermutlich einen Volltreffer, wenn ich behaupte, es ging um Onno Aden", sagte Faust.

„Volltreffer. Es ging natürlich um ihn. Immer wieder fiel der Name Onno."

„Was schließen Sie daraus, Herr Stiegel?", fragte Visser.

„Ich schließe zunächst mal nichts daraus. Aber möglicherweise ist Eifersucht da mit im Spiel."

„Könnten Sie sich vorstellen, dass Herr Aden und Nicole ein Verhältnis hatten?" Faust verzog beim Stellen dieser Frage das Gesicht.

Stiegel biss sich auf die Unterlippe und überlegte einen Moment. „Na ja. Dem Chef traue ich in dieser Beziehung einiges zu. Aber beweisen kann ich nichts."

Faust lehnte sich im Stuhl zurück und winkte der Bedienung zu. Sie erschien prompt am Tisch.

„Noch mal das Gleiche", orderte er, dann fragte er Stiegel:

„Wo ist Nicole Philipps jetzt? Hat sie frei oder ist sie im Dienst?"

„Sie ist heute Morgen abgereist. Sie hat die Insel verlassen. Sie sagte, sie wüsste nicht, ob sie noch einmal zurückkehren würde."

Faust lief rot an. „Das darf doch wohl nicht wahr sein. Das sagen Sie erst jetzt?"

Stiegel zuckte mit den Schultern.

„Gent, lauf schon mal zurück zum Büro und informiere den Chef. Wir müssen die kleine Philipps finden. So schnell wie möglich."

Während Visser zurück ins Büro lief, machte sich Faust auf den Weg ins *Hotel Weißer Sand*. Dort sagte man ihm, die Chefin habe das Hotel verlassen. Faust bekam rote Flecken im Gesicht. Das passierte immer dann, wenn er besonders aufgeregt war. Er reagierte ungehalten: „Finden Sie sofort heraus, wo sich Frau Aden befindet", schrie er die livrierte Mitarbeiterin an. „Ich hoffe nicht, dass sie die Insel verlassen hat", setzte er nach und nestelte nervös in der Hosentasche.

„Nein. Sie ist auf der Insel." Die Männerstimme kam unvermittelt und wie aus dem Nichts. Faust schaute sich um. Aus einem Nebenraum der Rezeption trat Arno Breuer. Der Hausmeister hatte einen Stromprüfer in der Hand. Aus der Tasche seines Overalls hing ein Kabel heraus. Er trat vor den Ermittler und sagte: „Frau Aden ist ein paar Häuser weiter im Fitness-Studio. Dort ist sie jeden Dienstag um diese Zeit."

Faust drehte sich auf dem Absatz und verließ das Hotel. Wortlos.

* * *

Faust hatte eine ganze Weile gebraucht, um im riesigen Fitness-Center des *Hotels Georgshöhe* die Orientierung zu finden. Im Cyclingstudio traf er endlich Juliane Aden. Sie trug ein eng geschnittenes, lila Top mit weitem Ausschnitt. Dazu eine farblich abgestimmte Capri-Hose mit breitem Gummizug. Die kurzen, roten Haare waren verschwitzt. An Stirn und Schläfen klebten sie fest. Faust fuhr sich mit der Hand über die Glatze und trat mit aufgepumptem Oberkörper näher. Die Hotelchefin schien der Besuch des Fahnders nicht zu stören. Sie trat ungebremst weiter in die Pedale. Als sie sah, dass der Soko-Chef näher kam, bückte sie sich noch ein wenig mehr nach vorn und gab damit den Blick auf ihren wippenden Busen nahezu komplett frei.

Faust zog die Bomberjacke aus und warf sie über einen Hocker. Dann richtete er sein Holster, warf einen gedehnten Blick auf seine Smith & Wesson und krempelte die Hemdsärmel hoch. Dann stieg er auf das Cyclinggerät direkt neben der Hotelchefin, trat in die Pedale und sagte:

„Guten Tag, Frau Aden. Es tut mir leid, dass ich Sie wieder stören muss. Aber ich habe da noch ein paar Fragen."

Juliane Aden schaute ihn von der Seite an. Sie lächelte ein wenig gequält, sie schien schon eine ganze Weile an dieser Station zu sein. „Legen Sie los."

„Wo ist Nicole Philipps?"

Als Juliane merkte, dass der Polizist von Nicoles Abreise und vermutlich auch über den Streit mit ihr Bescheid wusste, stoppte sie das Rad und stieg ab. Sie ging zum Hocker und warf Fausts Jacke auf den Boden. Sie nahm Platz und wischte sich mit dem Handtuch den Schweiß von der Stirn und vom Hals. Faust folgte ihr.

„Was ist los? Was ist mit Ihnen und Frau Philipps?"

„Frau Philipps. Frau Philipps!", schrie sie. „Die Schlampe. Die Hure."

Juliane Aden war außer sich. Wie aus heiterem Himmel hatte sich ihre Laune um 180 Grad gedreht. Vor zwei Minuten hatte Faust noch das Gefühl, sie plane, ihn um den

Finger zu wickeln und ihn hier an Ort und Stelle zu vernaschen. Und nun führte sie sich auf wie eine Furie: „Ja, sie ist weg. Sie hat die Insel verlassen. Heute Morgen. Hat ja jetzt auch nichts mehr zu vögeln hier!"

„Wie meinen Sie das? Hatte sie ein Verhältnis mit Ihrem Mann?"

„Ja natürlich, was denn sonst? Das ging doch schon seit Monaten. Gut. Wir hatten ausgemacht, dass jeder machen kann, was er will."

„Aber?", fragte Faust.

„Die Kleine ist 18, gerade eben 18. Irgendwie tut das dann doch ein bisschen weh."

„Glauben Sie, dass Nicole in irgendeiner Weise etwas mit dem Tod Ihres Mannes zu tun haben könnte? Oder mit dem Mord an der Zeitungsredakteurin?"

Juliane Aden stand auf. Sie ging ein paar Schritte und schaute in den Spiegel. Sie zupfte sich ihr Top zurecht und nahm Faust im Spiegel ins Visier. Sie sah genau, dass der Soko-Chef breitbeinig hinter ihr Aufstellung genommen hatte und sie anstarrte. Dann schrie sie: „Fragen Sie die kleine Hure doch selbst. Und jetzt gehen Sie endlich und lassen mich in Ruhe, Sie notgeiles Arschloch!"

Auf den Schreibtischen von Visser und Faust stapelten sich mittlerweile die Notizzettel mit Rückrufbitten. Zudem nervte die Presseabteilung zunehmend. Die Anfragen der Medien häuften sich. Besonders die lokalen ostfriesischen Zeitungen lieferten sich einen regelrechten Schlagabtausch. Jeder wollte der Erste sein, jeder wollte mehr wissen als der andere. Für riesige Aufregung sorgte das Gerücht, wonach am Strand in Höhe der *Weißen Düne* ein fünfzigjähriger Mann erschossen worden sei. Bis seriös und flächendeckend verbreitet war, dass dort eine vierundsechzigjährige Frau eine Herzattacke erlitten hatte und sie deshalb ins Krankenhaus eingeliefert werden musste, dauerte es einige Stunden.

„Schon was von der kleinen Philipps gehört?", fragte Faust, als er ins Soko-Büro kam. Visser hatte gerade in einen Apfel gebissen.

„Nee", würgte er. „Aber ich habe hier was anderes."

Faust ließ sich auf seinen Drehstuhl plumpsen.

„Was gibt's, Gent?", fragte er. Dann zündete er sich eine Zigarette an und wartete, bis Visser den Mund leer hatte. Der kam nun auf ihn zu und wedelte mit einem Stück Papier.

„Es gibt neue Untersuchungsergebnisse. Also der DNA-Abgleich vom Biss an Adens Ohr sagt eindeutig, dass Juliane da keine Aktien hält. Die Hotelangestellten auch nicht."

„Was ist mit Nicole Philipps? Ist auch die negativ?"

„Das ist die eigentliche Katastrophe und ich kann nur hoffen, dass wir da mit heiler Haut rauskommen."

„Wie meinst du das?"

„Wir haben von ihr keine Speichelprobe. Sie hatte an dem Tag frei."

Faust sprang auf und lief auf die Wand zu. Er hämmerte mit beiden Fäusten dagegen, um danach in die Hocke zu gehen und die Augen mit beiden Händen zu verdecken.

Visser lief auf Faust zu und ging ebenfalls in die Hocke. Dann legte er ihm einen Arm auf die Schulter und sagte: „Aber ich kann dich beruhigen. Ich habe die Probe gleich heute Morgen nehmen lassen. In ihrem Zimmer haben die Kollegen noch jede Menge gefunden: Zahnbürste, Zigarettenkippen und vieles mehr."

Die Fahnder hatten gar nicht bemerkt, dass sich die Tür geöffnet hatte. Ein Mitarbeiter der Kurverwaltung hatte sich gewundert, warum so lautstark gegen seine Wand geklopft worden war.

„Ist bei Ihnen alles in Ordnung?", fragte er und blickte ungläubig auf die beiden in der Hocke befindlichen Polizisten.

„Ja, danke. Es ist alles gut", antwortete Visser und grinste verlegen.

Faust nahm sich erneut eine Zigarette. Akten, Zettel und Zeitungen; alles also, was auf seinem Schreibtisch lagerte, schob er zur Seite und schaffte sich damit einen neuen Sitz-platz. Er ließ die Beine baumeln, als er das vorhin eingegan-gene Obduktionsergebnis von Karin Mayer-Lübbecke las. Demnach stand fest, dass die Redakteurin auf der Plattform des Leuchtturms ermordet worden war. Und es gab keinen Zweifel: Die Tatwaffe, bei der es sich mit größter Wahr-scheinlichkeit und ein langstieliges Messer handelte, war durch die Kleidung in den Bauch eingedrungen und hat-te die Aorta abdominalis so schwer verletzt, dass die Frau innerhalb weniger Minuten innerlich verblutete. Außerdem stellten die Pathologen eine Schnittwunde am Hals sowie mehrere Hämatome und Hautabschürfungen an den Unter-armen fest.

„Auch hier ist die Aden mit allergrößter Wahrscheinlich-keit aus dem Rennen, verdammt", entfuhr es Faust, als er den Bericht zu Ende gelesen hatte.

„Ja, die schwarze Witwe scheint tatsächlich eine weiße Weste zu haben", antwortete Visser.

„Schlechtes Wortspiel", entgegnete Faust. Dann hüpfte er vom Schreibtisch, nahm sich eine neue Zigarette und griff zum Telefonhörer.

KAPITEL V

DIE BÜRGERWEHR

Alle Versuche des Polizeipräsidenten, des Vorsitzenden des Innenausschusses in Hannover, der Landtagsabgeordneten, der Bundestagsabgeordneten, des Landrats in Aurich, des Präsidenten des Deutschen Tourismusverbands und des Bundesvorsitzenden des Deutschen Hotel-und Gaststättenverbandes, den Beschluss zur Gründung der Bürgerwehr rückgängig zu machen, liefen ins Leere.

„Herr Polizeipräsident, ich bitte Sie um Verständnis, aber ich kann und will den Beschluss des Rates nicht kippen. Es geht hier um die Sicherheit der Bürgerinnen und Bürger der Insel Norderney. Das Vertrauen in die Polizei ist erschüttert. Ich kann es nicht ändern. Wir müssen das Heft des Handelns ein Stück weit selbst in die Hand nehmen. Wir befinden uns hier momentan in einer emotionalen Ausnahmesituation, wie sie die Insel noch nicht erlebt hat", begründete der Bürgermeister die Initiative gegenüber dem Polizeichef.

Gleich am Abend nach der Ratssitzung trafen sich 16 Norderneyer im Vereinsheim des Kleingartenvereins *Schlickdreieck*. Sie teilten sich in vier Gruppen auf. Zwei Männer führten Schäferhunde mit sich. Ziel war es, um die Nordhelmsiedlung herum Wachstützpunkte zu bilden, von denen aus Patrouillen durchgeführt werden sollten. Die einzelnen Stützpunkte befanden sich am nördlichen Ende der Lippestraße, am Karl-Rieger-Weg/Höhe *Bahnhof Stelldichein*, am westlichen Ende der Emsstraße und am *Remmer-Harms-Eck*.

Als die Männer der Bürgerwehr zu Beginn der Dämmerung durch die Straßen liefen, winkten und nickten ihnen die Anwohner freundlich und anerkennend zu. Einige baten sie ins Haus und luden sie auf einen Kaffee oder einen Schnaps ein. Mit den an den Basisstützpunkten verbliebenen Kameraden blieben sie per Funk in ständigem Kontakt. Wie die Akteure der Bürgerwehr an die Geräte gekommen waren, sollte für immer ein Geheimnis bleiben. Die Feuerwehr jedenfalls stritt jede Unterstützung kategorisch ab. Auch die Frage, ob die Reederei für eine derart flüssige Kommunikation gesorgt haben könnte, wurde nie beantwortet.

Lübbert und Winnetou hatten es am Vorabend tatsächlich ordentlich krachen lassen. Bis in den frühen Morgen feierten sie ihr Bunkerfest und verdrängten alles, was die bevorstehende Verhaftung nach sich ziehen würde. Stattdessen ließen sie ihre Lebensläufe scheibchenweise Revue passieren und kamen dabei zu dem schlichten Ergebnis, dass das Leben manchmal ganz schön ungerecht sein kann.

„Etwas Anarchismus würde unserer Gesellschaft gut tun", stellte Winnetou fest. Die Leute in Deutschland seien viel zu stromlinienförmig geworden. Jeder achte nur auf sich selbst, statt im Kollektiv etwas auf die Beine zu stellen.

„Konformismus ist ein Geschwür, das jede Kreativität zerfrisst und damit den Staat von innen aushöhlt und zerstört", befand Winnetou nach dem fünften Champagner.

Auch Lübbert haderte nicht nur mit seinem persönlichen Schicksal, sondern auch mit den wirtschaftlichen Rahmenbedingungen für Existenzgründer: „Die Großen machen die Kleinen kaputt. Globalisierung ist scheiße", urteilte er kurz und knapp.

Nun war es mittlerweile zwanzig Uhr am anderen Abend, und beide hatten den Schlaf des Gerechten geschlafen. Als sie wach wurden, genügte ein Blick um zu wissen, was nun zu tun sei. Essensreste, leere Flaschen, Zigarettenkippen und Zigarrenstummel packten sie in Plastiktüten und stellten sie in die Ecke neben die Schubkarre. Die Stühle stellten sie wieder zurück zu den anderen, und auch der Tisch kam, nachdem er abgewischt war, an seinen angestammten Platz. Sie wechselten dabei kein Wort, der Abschied sollte schweigsam vonstatten gehen, hatten sie am Abend zuvor beschlossen. Nachdem sie die Kaschmirdecken gemeinsam gefaltet hatten, spürte Winnetou zunächst einen leichten Lufthauch. Gleich darauf vernahmen sie ein Flüstern, das eindeutig vom Eingang her kam. Lübbert reagierte prompt. Er trat gezielt einen Schritt nach links und löschte das Licht. „Hier riecht es komisch, hier ist geraucht worden", hörten sie eine Stimme. „Hier riecht es wie in einer Kneipe", sagte ein anderer Mann. Im selben Moment knipste der seine Taschenlampe ein und leuchtete Winnetou mitten ins Gesicht. Dessen Schrei war so laut, dass der Taschenlampenträger zusammenfuhr und zu keiner Reaktion mehr fähig war. Er blieb wie angewurzelt stehen. Das galt auch für dessen Bürgerwehr-Kumpel, dem das Herz in die Hose rutschte, nachdem Lübbert ihn mit lautem Gejohle am Kragen gepackt und gegen den Gewölbebogen geschubst hatte. Als sich die beiden Männer der Nordeneyer Bürgerwehr nach ein paar Sekunden wieder gefasst hatten, waren Lübbert und Winnetou spurlos verschwunden.

„Ich finde Norderney ja richtig schön. Eigentlich möchte ich hier mal Urlaub machen."

Gent Visser schaute seinen Kollegen Faust ungläubig, ja fast erschrocken an. Sie saßen auf der Terrasse des *Extrablatt* und rauchten eine Zigarette. Seit dem Frühstück hatten beide nichts mehr gegessen, nun war es bereits kurz vor einundzwanzig Uhr und sie brauchten dringend eine

Stärkung. Gent hatte sich ein schlichtes Wiener Schnitzel bestellt, mit Pommes und Salat. Faust stand der Sinn nach einem Salat mit Käse-Schinken-Streifen und Pizzabrötchen.

„Hätte ich nicht gedacht", antwortete Visser. „Wo du die Insel in den vergangenen Tagen doch so oft verflucht hast."

„Das hat mit der Insel als solcher ja nichts zu tun. Wenn ich hier einen Wutausbruch kriege, dann liegt das an diesem verdammten Fall."

„Dann bin ich ja beruhigt", sagte Visser und drückte die Zigarette aus. „Zimmer gibt es hier jedenfalls genug. Du musst nur früh genug buchen. Die Insel brummt."

„Ich merke es", entgegnete Faust und grinste. „Nicht nur touristisch, auch was die Kriminalitätsstatistik angeht, geht es tüchtig bergauf."

Dass die Bedienung mit den kurzen, blonden Haaren mit dem Essen hinter ihnen stand, hatten sie gar nicht bemerkt.

„Wer bekommt das Schnitzel?", fragte die junge Frau. Visser fuhr herum. Er nahm den Teller entgegen und räumte gleichzeitig mit dem Ärmel die Zigarettenschachtel beiseite, damit er das Essen abstellen konnte. Während Faust seinen Salat entgegennahm, läutete dessen Handy.

„Hier, halte mal fest", sagte er zu Visser und reichte ihm den Teller. Schon nach wenigen Sekunden war Visser klar, dass dieser Anruf von enormer Bedeutung war. Faust telefonierte hemmungslos drauf los, egal, was die Gäste dachten, die in ihrer Nähe saßen. Als Visser ihm ein Zeichen gab, dass er sich beherrschen soll, rückte Faust näher zu seinem Kollegen heran und ließ ihn mithören.

„Setzt sie auf die Fähre und bringt sie her. Sofort!", befahl Faust seinem Gesprächspartner.

„Das geht nicht", antwortete der Kollege am anderen Ende der Leitung.

„Warum geht das nicht?"

„Es fahren um diese Zeit keine Fähren mehr."

„Scheiße. Saftladen."

„Ich schlage vor, wir setzen sie in Aurich in eine Zelle und Sie kommen morgen früh, um sie zu vernehmen."

„Ich denke ja im Traum nicht dran. Ich will die sofort haben. Hier auf der Insel. Schickt sie mit einem Hubschrauber hierher."

„Herr Faust. Ich bitte Sie. Die Kosten. Dieser Aufwand. Das steht in keinem Verhältnis."

„Der Innenminister persönlich hat gesagt, dass Kosten keine Rolle mehr spielen. Wir sollen diesen gottverdammten Fall auf Teufel komm raus aufklären. Und da hat er verflucht noch mal verdammt recht. Ich bin es inzwischen auch mehr als nur leid, hier irgendwelchen Phantomen hinterher zu jagen. Schickt mir die Frau auf die Insel, jetzt sofort", schrie er und schlug mit der Faust auf den Tisch, dass die Teller sich hoben.

Faust hatte mittlerweile also doch die Haltung verloren. Er stand kurz davor, mit seiner Wortwahl deutlich zu überziehen, außerdem sprach er jetzt so laut, dass er und Visser alle Aufmerksamkeit auf sich gezogen hatten. Visser stieß ihm mit dem Ellbogen in die Seite. Doch Faust gab nicht nach. Dann sagte er ins Telefon:

„Passen Sie auf, Herr Kollege. Wir machen jetzt Folgendes: Sie halten sie an der Mole fest, und ich rufe Sie in zehn Minuten wieder an. Dann sage ich Ihnen, wie wir weiter verfahren."

Auf der Terrasse des *Extrablatt* herrschte nun die Stille vom Format einer Schweigeminute in einem Luftschutzbunker. Kein Klimpern von Besteck oder Geschirr, kein Hüsteln, keine Schritte, nicht einmal das Rascheln eines Armbands oder einer Halskette war zu vernehmen. Faust allerdings sprengte den Augenblick knisternder Spannung nach nur wenigen Sekunden, indem er seinen Stuhl krachend nach hinten schob, aufsprang und ins Café lief. Dort drückte er der kleinen blonden Bedienung einen Zwanzig-Euro-Schein in die Hand und ging.

Visser war ihm hinterhergelaufen. Bis zum Soko-Büro waren es nur ein paar Meter.

„Nun klär' mich endlich auf", schnauzte Visser seinen Kollegen noch im Treppenhaus an.

„Nicole Philipps ist festgenommen worden. An der Mole in Norddeich. Sie will eine Aussage machen."

„Und jetzt wisst ihr nicht, wie ihr sie hierher auf die Insel kriegt."

„Ja. Genau das ist der Fall. Jedenfalls warte ich nicht bis morgen, bis endlich wieder eine Fähre fährt."

Während Faust im Büro auf- und ablief und weiter zeterte und schimpfte, griff Visser zum Telefonhörer. Nach weniger als einer halben Minute ging er auf Faust zu und legte ihm den Arm ebenso triumphierend wie freundschaftlich auf die Schulter. Dann sagte er: „Pass' auf, Kollege. Du kochst uns jetzt einen leckeren Kaffee und machst es uns gemütlich. Ich bin in gut einer halben Stunde zurück – mit Nicole Philipps."

Visser genoss jedes einzelne Fragezeichnen in den Augen von Carlo Faust. Dann griff er seine Jacke von der Stuhllehne und verließ das Soko-Büro.

DIE EREIGNISSE
ÜBERSCHLAGEN SICH

Die Kaffeemaschine lief, Faust hatte für die Vernehmung der flüchtigen Hotelangestellten Nicole Philipps alles vorbereitet. Sein Puls ging wieder normal. Nun wollte er noch einmal an die frische Luft – nur eben auf die Schnelle in Ruhe unten vor dem Rathauseingang eine Zigarette rauchen. Er lehnte sich gegen die Säule der Balustrade und atmete die frische Seeluft ein. „Ja, wenn wir diesen Fall aufgeklärt haben, dann mache ich hier auf dieser Insel einmal Urlaub", dachte er, als ihm jemand von hinten mit dem Finger auf die Schulter tippte.

„Ich wollte gerade zu Ihnen. Sie sind doch der Herr Faust, der Soko-Chef?"

Faust erschrak. Er schaute sich um und sah einen jungen Mann, den er einmal flüchtig gesehen haben musste, überlegte er.

„Mein Name ist Habbo Eilers. Ich bin, besser gesagt, war, der Lebensgefährte von Karin Mayer-Lübbecke. Sie erinnern sich an sie?"

Faust spürte sehr genau den beißenden Spott in dieser Frage und die Wut, die da mitschwang. Ihm fiel ein, dass er den Mann vor ein paar Tagen unten am Leuchtturm gesehen hatte, nachdem die Journalistin tot aufgefunden worden war. Er zog die Augenbrauen hoch und beschloss, die Ruhe zu bewahren.

„Ja, ich erinnere mich. Selbstverständlich. Und ich hoffe sehr, dass wir das schreckliche Verbrechen an Ihrer Lebensgefährtin bald aufklären können."

„Danach sieht es aber wohl im Moment nicht aus. Ich vermisse jegliche Initiative. Seit Tagen habe ich den Eindruck, Sie interessieren sich nur für den Fall Aden. Im Umfeld von Karin haben kaum Vernehmungen stattgefunden."

„Lassen Sie das mal unsere Sorge sein. Wir setzen unsere eigenen Prioritäten und sind keinesfalls untätig, wenn Sie das andeuten wollen", reagierte Faust bestimmt, aber immer noch ruhig und besonnen.

Doch Eilers gab nicht nach und giftete Faust jetzt mit weit aufgerissenen Augen mitten ins Gesicht: „Wie toll Ihre Arbeit ist, zeigt allein die Tatsache, dass sich hier eine Bürgerwehr gegründet hat. Ich kann nur hoffen, dass sich bald etwas tut. Und glauben Sie mir, Herr Faust. Wenn das, was mir zugetragen wurde, stimmt, dann steht ihre Abberufung von der Insel ohnehin bevor."

Dann drehte sich Eilers wie in Zeitlupe ab, so, als wäre er von der einen auf die andere Sekunde total erschöpft, und schlich davon. Faust warf die Kippe auf den Kurplatzrasen, murmelte ein paar Wörter, die aus untersten Schubladen nicht zitierfähiger Fäkalsprache stammten, und ging zurück ins Büro.

Als sein Handy klingelte, sah er, dass es die Nummer der Polizeistation an der Knyphausenstraße war. „Was wollen die denn jetzt noch?", fragte er sich. Wieder spürte er, wie sein Blutdruck stieg. Von der Stimme her musste es sich dabei um einen blutjungen Polizeianwärter handeln, der im Rahmen der allgemeinen sommerlichen Verstärkung Dienst auf der Insel versah.

„Entschuldigen Sie bitte die Störung, Herr Hauptkommissar. Aber ich muss Ihnen mitteilen, dass die Bürgerwehr in einem ehemaligen Luftschutzbunker die beiden flüchtigen Personen gefunden hat."

„Sie meinen den Indianer und seinen Komplizen?"

„Ja."

„Und wo sind die jetzt?"

„Flüchtig. Als die Leute von der Bürgerwehr in den Bunker eindrangen, ist den Tatverdächtigen die Flucht gelungen."

Faust spürte, wie plötzlich sein Hemd am Rücken klebte und ihm der Schweiß die Schläfe hinunterrann.

„Wann haben die Piraten von der Bürgerwehr den Bunker hopsgehen lassen, und warum sind unsere Hundertschaften in den vergangenen Tagen nicht auf die Idee gekommen, dort zu suchen?"

„Sie sagten, sie sind vor einer guten Stunde eingedrungen. Über die Hundertschaften kann ich Ihnen nichts sagen", antwortete der junge Polizist, dessen Stimme ein wenig zitterte.

„Warum erfahre ich erst jetzt davon?", schrie Faust und schlug sich mit dem Handballen gegen die Stirn, dass es nur so klatschte.

„Entschuldigen Sie bitte, Herr Hauptkommissar. Ich weiß es nicht. Die Leute von der Bürgerwehr haben uns das erst vor einer Minute mitgeteilt. Sie hätten den Bunker zuerst noch auf Spuren untersucht, haben sie uns erzählt. Wir wussten hier auch nichts davon."

Faust blieb die Spucke weg. Erst starrte er gegen die weiße Wand an der Stirnseite des Raums und überlegte, ob er erneut mit aller Kraft dagegentrommeln sollte. Dann entschied er sich anders. Er nahm den Papierkorb ins Visier und trat so fest dagegen, dass er gegen einen der Schreibtische flog und sich der komplette Inhalt dort entleerte. Dann befahl er dem jungen Kollegen, den Bunker sofort absperren und bewachen zu lassen, und zwar von der Polizei. Falls sich jemand von der Bürgerwehr den Anweisungen der Polizei widersetzen würde, sei dieser auf der Stelle vorläufig festzunehmen. Dann knallte er den Hörer auf und rief Visser an.

„Wenn du aus dem Fenster schaust, dann siehst du uns schon." Gent war bester Laune. Im Rahmen der Amtshilfe hatten die Jungs von der Deutschen Gesellschaft zur Rettung Schiffbrüchiger ganze Arbeit geleistet. Mit der *Bernhard Gruben* war die Crew auf die Bitte von Gent Visser hin mit durchschnittlich gut 20 Knoten zum Norddeicher Hafen gebrettert, wo Gent Nicole Philipps an Bord nahm und sie innerhalb von knapp fünfzehn Minuten zur Insel brachte. Einer der Seenotretter begleitete Visser und Nicole bis ins Soko-Büro.

„Danke, Ali", sagte Visser zu dem Mann mit der blauen bis tief in die Stirn gezogenen Wollmütze.

„Das vergesse ich euch nie. Ihr habt einen gut bei mir."

Faust nahm Nicole fest in den Blick und zeigte mit einer lässigen Kopfbewegung auf den Besucherstuhl, der vor seinem Schreibtisch stand.

„Nehmen Sie bitte Platz, Frau Philipps", sagte er.

Visser fragte: „Kaffee?"

Nicole hob die Hände bis zur Brust und zeigte mit einer Kopfbewegung auf ihre Handschellen. Faust nahm sie ihr ab. Gleich darauf schob er ihr seine Zigaretten hin. Visser schloss das Fenster, schenkte Kaffee ein und setzte sich dann auf einen Drehstuhl, der neben der Tür stand. Den Inhalt des Papierkorbs, der vor ein paar Minuten durch den Raum geflogen war, schob er mit dem Fuß zur Seite.

„Ich habe gehört, Sie möchten uns was sagen", begann Faust mit der Vernehmung.

Nicole schwieg. Faust kratzte sich an der Stirn. Die Haut war an der Stelle im Nu gerötet. Dann versuchte er es erneut.

„Frau Philipps, machen Sie keine Zicken."

Dann nahm er ein Stück Papier vom Schreibtisch auf und wedelte damit direkt vor Nicoles Nase.

„Frau Philipps. Wenn Sie jetzt gleich reden, können Sie sich den Abend hier mit uns verkürzen. Wir haben Zeit. Ganz viel Zeit. Und wir sind überhaupt nicht müde", sagte nun Visser.

Faust gähnte und drehte sich zur Seite. Visser starrte auf den Boden.

„Kann ich bitte ein Taschentuch haben?", brach Nicole endlich die Stille. Die Fahnder sahen, dass ihre Augen stark gerötet waren und ihr die Tränen liefen. Sie hatte in den vergangenen Tagen sichtbar an Gewicht verloren. Die Wangen waren eingefallen. Die Haare klebten ölig an der Stirn fest. Sie trug einen knielangen, schwarzen Rock, darüber ein rotes Top und einen weißen Bolero aus Tüll, der nur ihre hellhäutigen Schultern bedeckte.

„Also, Frau Philipps. Was wissen Sie über den Mord an Onno Aden?", nahm Faust einen neuen Anlauf und schickte mit fester Stimme hinterher: „Bei Ihrer Antwort sollten Sie berücksichtigen, dass wir wissen, dass Sie und Herr Aden ein Verhältnis hatten."

Die junge Frau blieb äußerlich ungerührt. Sie griff nach der Zigarettenpackung und sagte leise, nahezu im Flüsterton:

„Ich habe mit dem Mord an Onno nichts zu tun. Ich weiß nicht, wie er umgekommen ist. Ich habe da wirklich keine Ahnung."

„Ich habe hier das Ergebnis der DNA-Analyse", warf Faust ein und wedelte erneut mit dem Zettel. Herr Aden hatte eine Bisswunde am Ohr. Das Ergebnis ist eindeutig: Der Biss stammt von Ihnen."

„Das mag ja alles sein", antwortete Nicole. Sie schnäuzte sich erneut die Nase. „Onno und ich waren am späten Nachmittag noch zusammen. Die Chefin war nicht da."

„Sie hatten Sex", sagte Faust.

„Ja."

„Leidenschaftlich."

„Ja, verdammt", schrie Nicole.

„Und dabei ist es zum Biss gekommen."

„Ja. Und danach ist er gegangen. Das war das letzte Mal, dass ich ihn gesehen habe."

Nicole brach in Tränen aus. Doch sie schrie mehr als sie weinte, griff sich an den Kopf und riss sich ein Büschel Haare aus. Dann schlug sie mit dem Kopf auf die Schreibtischplatte. Faust und Visser sprangen auf. Visser packte sie unter den Armen und zog sie vom Schreibtisch weg.

„Sollen wir einen Arzt rufen?", fragte Visser in Richtung Faust.

Der winkte ab. „Warte erst mal ab. Wahrscheinlich wird sie sich auch so beruhigen."

Fünf Minuten später konnte die Vernehmung tatsächlich fortgesetzt werden. Visser hatte Nicole zur Toilette begleitet. Er wartete draußen, wo er deutlich hörte, wie Nicole sich am Waschbecken die Hände und Gesicht wusch. Faust hatte ihr ein Glas mit Mineralwasser auf den Tisch gestellt, das sie in einem Zug leerte. Dann hob sie den Kopf, blickte erst Faust, dann Visser entschlossen in die Augen und sagte: „Ich habe mit dem Mord an Onno nichts zu tun. Aber er war der Auslöser für das, was danach passierte. Als ich in der Zeitung las, wie die Mayer-Lübbecke in Onnos Vergangenheit herumstocherte und nichts anderes im Sinn hatte, als ihn an den Pranger zu stellen, sind die Nerven mit mir durchgegangen."

Faust hielt den Atem an. Mit großen Augen schaute er rüber zu Visser, der an einer Zigarette zog, sich prompt am Qualm verschluckte und deshalb heftig husten musste.

„Und dann?", fragte Faust kaum hörbar.

„Da habe ich sie zum Leuchtturm bestellt. Ich sagte, ich hätte bezüglich der Mordsache an Onno eine tolle Story für sie. Als wir am Leuchtturm standen, sahen wir, dass die Tür geöffnet war. Vermutlich hatte der Leuchtturmwärter vergessen, sie abzuschließen."

„Und dann sind Sie beide ganz nach oben gegangen?"

„Ja. Es klingt total lächerlich, ist es auch. Aber ich traute mich zunächst nicht ihr zu sagen, was ich von ihr hielt. Ich wollte sie ja auch nicht töten."

„Erzählen Sie weiter."

„Das war wie in Trance. Auf einmal standen wir oben. Ich weiß nur noch, dass sie etwa in der Mitte sagte, dass sie wieder runter möchte. Sie sagte, ich sei wohl verrückt. Dann aber sagte ich, dass sie die Info nicht kriegt, wenn sie nicht ganz bis nach oben mitkommt."

Visser schüttete Nicole Wasser nach. Faust blickte sie fragend und mit zur Hälfte zugekniffenen Augen an. Dann sprach sie weiter: „Also. Ganz ehrlich. Ich wollte ihr nur sagen, was sie für eine blöde Kuh ist, dass ich sie abgrundtief hasse, weil sie Onno so durch den Dreck zieht. Als sie dann sagte, ich sei sicher auch eins von seinen Pferdchen, brannten bei mir alle Sicherungen durch."

„Was war dann? Frau Philipps. Was haben sie dann getan?"

Nicole hatte längst keine Farbe mehr im Gesicht. Sie schob die Unterlippe weit nach vorn, schloss die Augen und ließ das Kinn auf die Brust sinken.

„Dann zog ich das Messer und stach zu. Wissen Sie, ich habe mein Kellnermesser immer bei mir und plötzlich war es in meiner Hand. Irgendwann später wachte ich im Bett meiner Wohnung auf. Ich brauchte ein paar Tage, um zu realisieren, was ich da getan hatte."

Was dann kam, war Schweigen. Auch Faust und Visser ließen das Gesagte zunächst einmal wirken. Faust öffnete das Fenster zum Lüften, Visser schenkte Kaffee ein. Dann rief Faust einen Kollegen an, der Nicole wenige Minuten später wieder in Handschellen legte und abführte.

AUFRECHTE HÄUPTER

Winnetou und Lübbert wussten nicht, wie ihnen geschah. Den Abschied von ihrem Bunker hatten sie sich eigentlich anders, nämlich deutlich würdiger vorgestellt. Dass zwei Männer sie verjagen würden, einfach so und ohne Vorwarnung, das passte ihnen gar nicht ins Konzept. Deshalb waren sie zunächst einmal in die Wohnung an der Emsstraße geflohen. Das war praktisch, weil diese gleich um die Ecke lag.

„Eigentlich macht es keinen Sinn zu fliehen", sagte Winnetou. Er schob gerade ein paar Aufbackbrötchen in den Herd, als Lübbert vom Duschen kam.

„Ja, stimmt. Aber wir hatten abgemacht, dass wir uns stellen. Nicht, dass wir uns fangen lassen."

„Ja, Lübbert. So sieht es aus. Wenn wir von der Insel gehen, dann erhobenen Hauptes."

Nach einem kleinen Imbiss machten sie sich schließlich auf den Weg. Sie wählten die Strecke über die Promenade. Dort hatte es ihnen so gut gefallen, als sie vor ein paar Tagen zum Weinfest unterwegs waren. Auch der heutige Sonnenuntergang hatte es ihnen wieder angetan. Sie saßen auf der

Buhne etwa in Höhe der *Alten Teestube*, als die Sonne am Horizont ins Meer tauchte. Jeder nahm noch einen Schluck vom Sauvignon aus Südafrika, der ihnen am Abend zuvor so gut geschmeckt hatte, dann gingen sie los.

Im Polizeigebäude an der Knyphausenstraße saß ein junger Mann in schwarzer Uniform. Als er Winnetou und Lübbert sah, zog sich ihm der Hals zusammen. Er rang nach Luft und er merkte, wie ihm die kurzen, schwarzen Haare augenblicklich zu Berge stiegen und ihm die Farbe aus dem Gesicht trat.

„Sind wir hier richtig bei der Sonderkommission? Wir möchten ein Geständnis ablegen", sagte Winnetou in einem Ton, der an Sachlichkeit nicht zu überbieten war. Lübbert nahm gleichzeitig auf einem Besucherstuhl Platz.

Der Polizist hatte einen merkwürdigen Gesichtsausdruck angenommen. Der Kopf war leicht vornüber gebeugt, der lange, schmale Hals schien starr und unbeweglich wie ein Kantholz. Er schaute auf Winnetou, als plane er, ihn mit den Augen in Fesseln zu legen. Gleichzeitig nahm er seinen Kaffeebecher und stellte ihn zitternd auf einen Stapel Papier.

„Moment", sagte er dann und griff zum Telefon.

Nur knapp eine Minute später erschienen zwei ältere Polizeibeamte in reichlich zerknitterter Uniform.

„Sie sind festgenommen", sagte der dickere von den beiden. Der andere ließ die Handschellen klicken.

Der junge Polizist hatte Faust und Visser vorgewarnt.

„Meine Kollegen von der Wache führen Ihnen in wenigen Minuten zwei Männer vor, bei denen es sich mit größter Wahrscheinlichkeit um die Doppelmörder von Norderney handelt", sagte er mit weicher, nahezu gebrochener Stimme, bevor er sich an seinem Arbeitsplatz hastig aufrichtete und er den Inhalt seines Magens in hohem Bogen über den Besuchertresen hinweg gegen die Wand spuckte.

Faust und Visser blieben auf ihren Stühlen sitzen, als die beiden Uniformierten Winnetou und Lübbert vorführten. Das hier ist absolut unwirklich, dachte Visser, als er sah, wie die Männer auf Geheiß von Faust auf zwei gepolsterten Stühlen Platz nahmen, die er vorher vor die weiße Wand gerückt hatte. Während Faust sich auf seinen Drehstuhl setzte und diesen mit den Hacken vor die Männer rollte, blieb Visser vor Fausts Schreibtisch stehen.

„Ich habe gehört, Sie möchten ein Geständnis abgelegen", sagte Visser.

„Richtig. Wir haben den Hotelier getötet", sagte Winnetou mit klarer und fester Stimme. Das heißt, wir gehen davon aus."

„Wie meinen Sie das", fragte Faust, der die Weinfahne Winnetous deutlich roch und überlegte, wie ernst er die Sache nehmen sollte.

„Wir haben dem ein paar Schläge verpasst. In seinem Hotel. Er lag am Boden. Dann sind wir gegangen."

Dann meldete sich Lübbert zu Wort: „Ich habe ihn geschlagen. Mein Freund hat nichts damit zu tun."

Winnetou schaute ihn an und lächelte.

„Also noch einmal das Ganze von vorn, und ich warne Sie: Tischen Sie uns bloß kein Märchen auf", fauchte Faust.

Winnetou nahm das Band aus dem zurückgebundenen Haar und schüttelte die Mähne. Dann sagte er: „Wir haben den Hotelier besucht. Ich hatte ihn am Abend zuvor in der Spielbank kennengelernt und miterlebt, wie er den Jackpot knackte. Wir wollten das Geld von ihm. Wir dachten: Der hat so viel, wir haben nichts. Doch er blieb stur. Und aufreizend arrogant dazu. Dann haben wir ihm ein paar Schläge versetzt."

„Und dann?"

„Dann haben wir gesagt, dass wir am anderen Tag wiederkommen."

„War er tot?"

„Kann sein. Ich glaube ja."

Faust sah Lübbert an: „Und Sie, was meinen Sie? Haben auch Sie eine Meinung dazu?"

„Ich dachte erst, er hätte noch gelebt. Doch als ich in der Zeitung gelesen habe, dass er tot ist, kamen mir Zweifel."

„Und Sie waren mit ihm nicht noch woanders. Auf dem

Januskopf zum Beispiel?", fragte Visser.

Nun ergriff Winnetou wieder das Wort: „Nee. Wir haben uns auch gewundert, als wir lasen, dass er auf dem Minigolf-platz gefunden wurde."

Faust überlegte. Er schaute hinüber zu den beiden Poli-zisten in Uniform. Sie bewachten die Tür und verzogen kei-ne Miene. Visser schaute auf die Uhr. Schon deutlich nach Mitternacht.

Dann sagte Faust und schaute dabei zur Tür: „Das hat kei-nen Zweck mehr um diese Zeit. Schließt die beiden weg bis morgen früh. Und passt bloß auf sie auf!"

Unmittelbar nach dem Geständnis informierte Faust den Inspektionschef in Aurich über die neue Lage. Der ordnete gleich für den anderen Tag um 15 Uhr eine Pressekonferenz an. Währenddessen nickte Visser an seinem Schreibtisch ein. Der Kopf lag auf dem Gutachten der Pathologie. Faust nahm ihm die Brille ab, deren rechter Bügel unter der Schlä-fe eingeklemmt war. Dann löschte er das große Licht. Nur noch die Schreibtischlampen spendeten ein paar Schimmer. Eines der Fenster war zum Lüften geöffnet. Draußen wehte ein leiser Wind. Faust kam nicht zur Ruhe. Er hatte sein Holster abgelegt und kurz überlegt, ob er in sein Hotel zum Schlafen gehen sollte. Doch weil Visser ja noch im Büro saß und schlief, entschied er sich zu bleiben. Er schaute nach, ob noch genügend Zigaretten vorhanden waren, dann kochte er frischen Kaffee.

Er war erleichtert, das Geständnis Nicoles zu haben und darüber, dass die beiden gesuchten Männer aus dem Ver-kehr gezogen waren, wenngleich die Soko selbst daran eher wenig Anteil besaß. Er lehnte sich auf seinem Schreibtisch-stuhl weit zurück und legte die Beine auf die Tischplatte. Er nahm einen tiefen Zug an der Zigarette und überlegte, wie ernst er das Geständnis der beiden Männer nehmen konnte. Immer wieder kreisten seine Gedanken um Juliane Aden, der er trotz der für sie günstigen DNA-Ergebnisse nicht so ganz über den Weg traute. Dann fiel ihm wieder das Kölner Rotlicht-Milieu ein. Hatten sie dort irgendetwas übersehen?

Sollte man da vielleicht noch einmal nachhaken, fragte er sich, obwohl doch die Kölner Kollegen alle Hebel in Bewegung gesetzt und den verdächtigen Paten und Kompagnon von Aden ordentlich durch die Mangel gedreht hatten – so wie sein gesamtes Umfeld. Noch in der Nacht erreichte Faust einen Fahnder in der Domstadt, den er von einem Lehrgang her kannte. Der versprach ihm, gleich am Morgen den mittlerweile auf freiem Fuß befindlichen Türken Selim Ürkmez observieren zu lassen.

Faust war nun kurz davor, ebenfalls einzuschlafen, da schrillte sein Handy. Visser erschrak. Er riss den Kopf nach oben. Für einen Moment blieb ein Blatt Papier an seiner verschwitzten Wange kleben. Auch Faust schaute verdutzt. Dann nahm er das Gespräch an und stellte gleichzeitig auf Mithören. Die Stimme war leise, sehr leise. Außerdem knisterte es in der Leitung. Faust glaubte, dass der Anruf von einem Handy kam. Er war sich aber nicht mehr sicher.

„Hallo, wer ist da?", fragte er.

„Stiegel. Stiegel ist hier. Ich rufe vom Hotel aus an."

„Was ist los? Um diese Zeit!"

„Es ist wichtig. Die Chefin will die Insel verlassen. Sie hat eben mit jemandem telefoniert. Ich war noch in der Küche und habe es durch das offene Fenster gehört. Sie stand auf dem Balkon des Nachbarzimmers. Sie hat gesagt, dass sie verreisen würde. Alles sei nun gut. Sie könnte jetzt endlich ein neues Leben anfangen."

„Mit wem hat sie telefoniert? Wissen Sie das, Herr Stiegel?"

„Nein. Das weiß ich nicht."

Stiegel hielt einen Moment inne. „Moment mal", sagte er dann.

„Was ist los, Herr Stiegel? Sind Sie noch da?", rief Faust. Visser hatte sich inzwischen aufgerappelt, er kam mit einem Becher, aus dem der Kaffee dampfte, auf Faust zu und nahm sich eine Zigarette.

„Herr Stiegel, was ist los", rief Faust.

Endlich meldete sich der Hotel-Rezeptionist wieder.

„Sie hat gesagt: ‚Ich liebe dich. Die Rechnung ist aufgegangen.‘ Dann hat sie aufgelegt. Ich finde das komisch."

„Allerdings", antwortete Faust und wischte sich mit der Hand – so gut es ging – den Schlaf aus den Augen. Plötzlich rauschte es wieder in der Leitung. Faust schaute auf, Visser stellte den Kaffee ab und neigte das Ohr zur Seite, damit er besser mithören konnte.

„Scheiße. Sie hat mich gesehen. Ich …"

Dann war das Gespräch beendet.

Faust sprang auf:

„Meine Fresse. Da läuft was schief. Wir müssen sofort los. Und die Aden hat einen Geliebten, daher also weht der Wind."

Er schnallte sich das Holster um, Visser zog sich die Schuhe an und überprüfte, ob auch er seine Dienstwaffe dabei hatte. Dann rannten sie aus dem Zimmer. In wenigen Sekunden hatten sie Fausts Dienstwagen erreicht. Der parkte gleich nebenan in der Wilhelmstraße. Sie bogen links in die Poststraße ein. Trotz der Eile fuhren sie kaum schneller als im Schritttempo durch die Fußgängerzone. Prompt begegnete ihnen ein volltrunkener Mann, der sich an einem Fahnenmast in Höhe der alten Post festklammerte und der gerade dabei war, sich von seinem Mageninhalt zu trennen. Auf der Jann-Berghaus-Straße nahmen sie dann Fahrt auf. In wenigen Sekunden bogen sie links in die Winterstraße ein. Faust schaltete das Licht an dem Audi aus und parkte ihn einige Meter vor dem *Hotel Weißer Sand* mit zwei Reifen auf dem Bürgersteig. Sie stiegen aus und schauten sich um. Keine Menschenseele zu sehen. Absolute Stille. Als sie vor dem Hotel angelangt waren, hörten sie Stimmen im Haus. In zwei Zimmern brannte Licht.

„Das können ja auch Gäste sein", flüsterte Visser und schnaufte.

„Kann sein, muss aber nicht. Ich weiß nur eins: Wir müssen rein."

Visser nickte. Während Faust seine Waffe zog, probierte Visser die Eingangstür mit der Karte seiner Krankenversicherung zu öffnen. Als er merkte, dass er damit scheiterte, lief er über den Hof zum Seiteneingang. Über den Bewegungsmelder schaltete sich die Hoflampe ein. Das gekippte Fenster ließ sich mit wenigen Handgriffen komplett öffnen.

Als sie endlich im Hotel waren, sagte Faust: „Wir müssen uns erst einmal Orientierung verschaffen."

Auch er atmete inzwischen schwer. Dann hörten sie wieder Stimmen. Faust öffnete eine Tür. Diese führte direkt zum Flur. Die Nachtbeleuchtung an den Treppenstufen führte die Fahnder in die zweite Etage. Dort wurden die Stimmen immer lauter. Es war schwer zu sagen, wie viele Personen sich unterhielten beziehungsweise anschrien.

„Da gibt es Streit", stellte Visser lapidar fest.

„Ich fürchte, das ist mehr als nur Streit", gab Faust zurück und ergänzte mit einem Blinzeln in den Augen. „Aber ich habe jetzt die Orientierung gefunden. Hier war ich schon einmal. Da oben ist das Wohnzimmer von Juliane Aden.

Mit den Waffen im Anschlag schlichen die Polizisten dann in die dritte Etage. Durch den unteren Türrand schimmerte Licht. Ein Schrei, der wie der eines Tieres klang, ließ Visser und Faust zusammenschrecken.

„Jetzt gehen wir rein", befahl Faust dann und riss die Tür auf.

Auf dem Boden lag Stiegel. Er hatte eine blutende Wunde am Kopf und die Augen in Todesangst geöffnet. Daneben stand Juliane Aden. Starr wie eine Salzsäule. Sie hielt sich die Hand vor den Mund. Auf dem Boden vor Stiegel kniete ein Mann mit einem wuchtigen Oberköper. Er trug Edeljeans und einen Pullover von Boss. In der Hand hielt er einen Aschenbecher, an dem Blut und Haare klebten. Faust trat näher.

Er zielte mit seiner Smith & Wesson auf ihn und sagte: „Lassen Sie den Aschenbecher fallen, Breuer. Ich nehme Sie hiermit wegen des dringenden Verdachts, Herrn Onno Aden erschlagen zu haben, sowie wegen des versuchten Mordes an Herrn Paul Stiegel fest."

Der Hausmeister ließ den Aschenbecher fallen und setzte sich auf den Boden, Juliane Aden blickte Visser mit versteinerter Miene an. Der zuckte die breiten Schultern, steckte die Pistole weg und sagte: „Ach, Juliane. Musst nicht traurig sein. Hausmeister gibt es wie Sand am Meer."

EPILOG

Da saß ich also wieder an meinen Lieblingsplatz in Aurich, zwischen Friseurladen *Raap* und *Douglas*. Das Medienecho in Sachen Norderney hallte noch kräftig nach, was sich nicht nur in den Menschentrauben zeigte, die sich täglich um mich scharten, sondern auch in barer Münze auszahlte. In der Presse war ich nach all den Vorkommnissen auf Norderney gut weggekommen. Lübbert natürlich auch. Ich hatte jedenfalls den Eindruck, dass uns die Leute die Abreibung, die wir dem Hotelier verpasst hatten, verziehen.

Längst war klar, dass der Hausmeister ihn auf die Minigolfanlage gelockt und ihm an Bahn 18 den finalen Schlag verpasst hatte. Aus der Nummer waren wir also so gut wie raus. Auch die Einbrüche sahen uns die Leute nach. Niemand war böse mit uns. Im Gegenteil. Die Tatsache, dass wir die Wohnungen immer ordentlich und aufgeräumt verlassen und uns nur das zum Leben Nötigste genommen hatten, fanden die meisten sogar vorbildlich. Kempowski meinte, dass ich mit einer kleinen Bewährungsstrafe oder sogar nur mit ein paar Sozialstunden davonkommen könnte. Da Lübbert die Schläge an Aden auf sich nahm, konnte dem zwar etwas Härteres drohen. Aber allzu saftig würde die Strafe nicht ausfallen; da war ich mir sicher.

Als Lübbert plötzlich vor mir stand, frisch rasiert, mit neuem Anzug und einem breiten Lächeln im Gesicht, legte ich meine Gitarre zur Seite. Lübbi war glücklich. Auch er profitierte von der Präsenz in den Medien. Seine neue Computerfirma, die er Bunker-Solutions.de nannte, hatte tüchtig zu tun. Er reagierte sogar auf eine Ausschreibung in der Tageszeitung, bei der es darum ging, die Staatsanwaltschaft Aurich mit neuen Computern auszustatten.

Lübbert nahm mich mit ins Eiscafé. Ich nippte an meinem Cappuccino, als er mir den Ausdruck einer E-Mail zeigte. Er hatte für uns eine gemeinsame Internetseite eingerichtet, die immer noch mehr als 20 000 Aufrufe pro Tag verzeichnete. Wir konnten uns vor Werbung kaum retten. Lübbert schaute mich an und lächelte. Ich wusste: Jetzt kommt was ganz Besonderes. Dann schob er mir den Zettel mit der Mail zu.

„He, Papa. Wir möchten dich besuchen. Wir sind dir nicht mehr böse. Judith und Laura."

Ich brach in Tränen aus und war der glücklichste Mensch der Welt.

ANHANG

Spurensuche auf Norderney –
Mit Gent Visser auf Verbrecherjagd

Bahnhof Stelldichein: Er befindet sich an der westlichen Seite der Nordhelmsiedlung an der Ecke von Karl-Rieger-Weg und Birkenweg. Zu sehen sind noch ein kleines Stationsgebäude und Schienenstränge, Überbleibsel des früheren Schirrhofgeländes. Die Insel-Schienenbahn, die 1915 gebaut wurde, diente vorwiegend militärischen Zwecken.

Bernhard Gruben: Auf Norderney stationierter Rettungskreuzer der Deutschen Gesellschaft zur Rettung Schiffbrüchiger (DGzRS).

Conversationshaus: Es gehört zu den ersten und wichtigsten Gebäuden des Nordseeheilbads Norderney und wurde 1837 erbaut. Die historischen Säle wurden in enger Abstimmung mit dem Denkmalschutz 2008 aufwendig renoviert. Heute beherbergt das Conversationshaus unter anderem die Tourist-Information, ein Café, eine Bibliothek, einen Leseraum und ein Kaminzimmer.

Rettungskreuzer Bernhard Gruben

Das Conversationshaus am Kurplatz

Die Georgshöhe – eine Düne mit Geschichte

Georgshöhe: Die Georgshöhe ist eine Düne direkt am Nordbadestrand (Hotel Georgshöhe). Benannt wurde sie nach König Georg V. von Hannover. Für Georg war Norderney beliebter und leidenschaftlicher Sommersitz.

Haus der Insel: Großes Veranstaltungshaus aus den 1970er-Jahren mit mehreren Sälen für Vereine, Verbände, politische Veranstaltungen und große Konzerte.

He!: Von wegen Guten Tag, Guten Abend oder Gute Nacht. Nein, und auch nicht „Moin, moin", wie die Ostfriesen gemeinhin sagen. Auf Norderney sagt man He! Dies ist der Gruß, den man zu allen Tages- und Nachtzeiten auf der Insel ausspricht und mit dem sich die Norderneyer ein Alleinstellungmerkmal geschaffen haben. Der Ursprung soll in der Seefahrt liegen, wo man sich auf diese Art gegrüßt hat.

Das bekannte Café auf der Marienhöhe

Inselkeller: Szenelokal in der Stadtmitte direkt beim Haus der Insel.

Januskopf: Erhebung unweit der Georgshöhe in östlicher Richtung. Hier macht die Insel einen „Knick". Surfsportler nutzen diesen Meerabschnitt zur Ausübung ihres Sports (Surfcafé).

Leuchtturm: Er markiert etwa die Mitte der Insel und ist von der Stadt mit dem Rad leicht zu erreichen. Er ist 54,6 Meter hoch und hat 252 Stufen. Die Leuchthöhe liegt bei 60 Meter. Er wurde zwischen 1872 und 1874 erbaut. Für Besucher ist er von April bis Ende September täglich geöffnet. In unmittelbarer Nähe befindet sich der Norderneyer Flugplatz.

Heinrich-Heine-Bronze vor dem Haus der Insel

Der rote Leuchtturm von Norderney

Marienhöhe: Benannt nach Königin Marie von Hannover. Auf der Marienhöhe soll Heinrich Heine sein „Lied am Meer" geschrieben haben, wird vereinzelt behauptet. Richtig ist, dass Heine das Lied bereits vor seinem ersten Norderney-Besuch geschrieben hat. Heine zu Ehren ließ Marie von Hannover aber auf der Kuppe der hohen Düne einen schicken Holzpavillon errichten. Heute ist die Marienhöhe immer noch ein beliebtes Café.

Milchbar: Beliebtes Ausflugslokal zwischen West- und Nordbadestrand. Besitzt Kult-Status.

Norderneyer Badezeitung: Tageszeitung für die Insel. Amtliche Zeitung der Stadt und des Nordseeheilbads Norderney. Gegründet 1868.

Die Milchbar ist ein Treffpunkt mit Kult-Charakter

Nordhelm-Siedlung: Inoffizieller Stadtteil Norderneys. Das gewachsene Wohngebiet mit vielen Inselhäusern und Ferienwohnungen und Gästezimmern befindet sich zwischen der Dünenkette im Norden und dem Wattenmeer im Süden. Die Siedlung wird nach Osten begrenzt durch die Lippestraße.

Parkplatz Ostheller: Der letzte Parkplatz, von wo aus es nur noch zu Fuß weitergeht auf einem Ausflug durch die Graudünen in die absolut unberührte Natur im Osten der Insel.

Remmer-Harms-Eck: Platz in der Nordhelmsiedlung. Benannt nach dem früheren Bürgermeister Remmer Harms.

Riffkieker: Beliebtes Ausflugslokal am Januskopf.

Der Stadtausrufer verkündet Neuigkeiten

Das Schiffswrack liegt seit 1967 an der Ostspitze

Das Ausflugslokal Weiße Düne

„Schlickdreieck": Kleingartengelände unweit des Wattenmeers mit seinen Schlick-Arealen. Im „Schlickdreieck" befindet sich das Vereinsheim der Norderneyer Kleingärtner.

Stadtausrufer: Das Amt des Stadtausrufers beruht auf einer guten Tradition, wonach ein mit Hut und Schelle/ Glocke (Bimmelmann oder Bellemann sagt man zum Beispiel in Belgien) ausgestatteter Insulaner durch die Stadt geht und Neuigkeiten verkündet. Diese Tradition war etliche Jahre unterbrochen, lebt seit 2009 auf Initiative der Kurverwaltung auf Norderney aber wieder auf. Aktuell bekleidet Bernd Krüger dieses Amt. Insbesondere während der Urlaubszeit zeigt er sich gut gelaunt an markanten Plätzen der Stadt und informiert die Gäste über die Veranstaltungen des Tages und zum Beispiel auch darüber, wer den ärztlichen Notdienst verrichtet oder wie die Wetterprognosen aussehen.

Strandaufgang Detmold: Strandaufgang östlich des Nord-
bads in Höhe von Krankenhaus und Lippestraße. Heißt
Detmold, weil der frühere Landkreis Detmold, jetzt Lippe,
dort seit vielen Jahren ein Jugendgästehaus unterhält.

Sturmwellensender (SWS): Lokaler Radiosender auf
Norderney.

Surfcafé: Beliebtes Ausflugslokal am Januskopf.

Schiffswrack: An der Ostspitze der Insel liegt seit dem
Jahr 1967 ein Schiffswrack. Ein Spaziergang durch die
Dünen dorthin lohnt sich! Achtung: Ein kleiner Imbiss
und Getränke sollten nicht fehlen, außerdem Tide und
Wetterprognosen beachten!

Weiße Düne: Beliebtes, absolut malerisch gelegenes
Ausflugslokal am Ostbad. Viele Frischvermählte lassen
dort ihre Hochzeitsbilder fertigen.

Westkopf: Der westliche Teil der Insel, auf dem sich
vorwiegend das städtische Leben abspielt.

Morden, wo andere Urlaub machen !

(Unbekannter Ermittler
um 2012 n. Chr.)

Norderney–Krimis
von Manfred Reuter

Der Autor

Manfred Reuter, Jahrgang 1957, stammt aus der Eifel und arbeitet als Redakteur für den Ostfriesischen Kurier in Norden. Zuvor war er Chefredakteur der Norderneyer Badezeitung. Ausbildung zum Redakteur in Aurich/Ostfriesland und an der Akademie für Publizistik in Hamburg. Weitere Stationen in Köln, Oldenburg und Trier. Reuter ist Mitglied in der Krimiautoren-Vereinigung „Das Syndikat". Im KBV-Verlag (Hillesheim) sind von ihm bisher die Krimis „Lass mich für dich sterben" und „Fluchtwunden" erschienen. In der KBV-„Edition Eyfalia" erschien außerdem sein Debüt-Roman „Der Kirchenmann". Vertreten ist Reuter zudem in diversen Anthologien wie „Tatort Eifel 2" von Jacques Berndorf (KBV 2009), „Deichleichen" (KBV 2010), „Acht Siele – Acht Verbrechen" und „Neun Gemäuer – Neun Verbrechen" (SKN 2011/2012). Sein zweiter Inselkrimi „Norderney-Flucht" erschien 2013 im Emons-Verlag.

www.manfredreuter.de
www.facebook.com/norderneykrimi

Pressestimmen:

„Norderney-Bunker ist kein Stadtplan in Prosa. Manfred Reuter ist eine amüsante Geschichte gelungen, spannend bis zum Schluss." – Radio Bremen –

„Ein schräger, spannender, unterhaltsamer, etwas anderer Krimi. Von mir aus kann der sympathisch-normale Insel-Kommissar Gent Visser gerne weiter rauchen und die überschüssigen Pfunde lassen, wo sie sind. Hauptsache dieser Pfundskerl präsentiert bald seinen nächsten Fall!".
– EifelLux, Buchfink-Rezensionen –

 **Ostfriesland Verlag – SKN**

Acht Siele – Acht Verbrechen
Kriminell gute Geschichten
von der Küstenlinie
+ Kurzportraits der Sielorte

Krimis von Klaus-Peter Wolf, Andreas
Scheepker, Bernd Flessner, Manfred
Reuter, Jutta Oltmanns, Désirée Warntjen,
Lübbert R. Haneborger und Silke Arends

192 Seiten | Premium-Taschenbuch
13,8 x 21,5 cm
ISBN 978-3-939870-89-0
€ 14,80

3. überarbeitete Auflage

Neu

Neun Gemäuer – Neun Verbrechen
Kriminell gute Geschichten aus den
ostfriesischen Herrlichkeiten
+ Kurzportraits der Burgen und Schlösser

Krimis von Klaus-Peter Wolf, Andreas
Scheepker, Usch Luhn, Bernd Flessner,
Manfred Reuter, Jutta Oltmanns, Désirée Warntjen,
Lübbert R. Haneborger und Silke Arends

192 Seiten | Premium-Taschenbuch
13,8 x 21,5 cm | ISBN 978-3-939870-99-9
€ 14,80

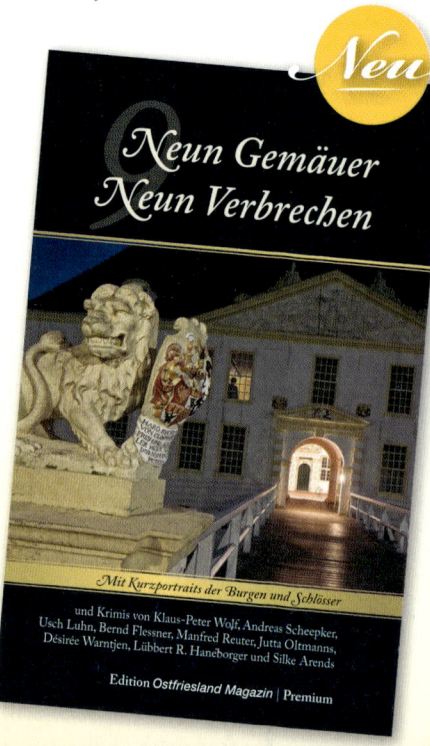